JN227666

あさぎり夕

この作品はフィクションです。
実在の人物・団体・事件等とは一切関係ありません。

目次

Illustration／佐々成美

ダイヤモンドの瞳 ～陣野とミオの出逢い編～

――もう笑うしかないぜ。なんてクソみたいな茶番劇だ。

この日のために仕立てた白のモーニングに身を包んだ男、陣野一臣（じんのかずおみ）は、完璧な新郎の外面を作りながら、心の中で苦笑する。

彼の視線の先、数千個のダイヤモンドを散りばめたウエディングドレスをまとい、ステンドグラス越しに差し込む光をスポットライトのごとくに浴びながら、ヴァージンロードを歩いてくる花嫁の美しさに、来賓の中から感嘆のため息が漏れる。

狙いどおりとはいえ、どいつもこいつもバカばっかりだぜ、と陣野は思う。

人間なんてこんなものだ。当たり前の真実より、よくできた嘘のほうが好き。そんな短絡思考の連中相手に、自分は道化（どうけ）になってやることで、ここまでのし上がってきた。

したくもない愛想笑いを浮かべ、心の中で舌を出しながら、客の顔を札束に見立てて、頭を垂れ続けてきた。力を、名声を、栄誉を得るために。

二度と誰からもそしられぬように、踏みしだかれぬように、決して揺るがぬ盤石（ばんじゃく）な地位を手に入れるために、宝飾業界に足を突っ込んで十一年、臥薪嘗胆（がしんしょうたん）の日々だった。

そして今、宝飾専門店『ジュエリー陣野』のオーナーとして、世にも認められる地位を得た。

むろん、この先も勝ち続ける。負けることなどあってはならない。

このプロジェクトも、必ず成功させてみせる。

たとえ花嫁が替え玉の上に、さらに珍妙なふたつの玉つきだろうと。

――そうだ、誰が想像する？

百億円相当の宝石を煌めかせたドレスの中身が、詰め物の胸に、よけいな一物までぶら下げている、男だなんて。

こんな欺瞞を露ほども疑わず、美貌の花嫁にうっとりと見入ってる連中を内心で嘲笑いながら、陣野は手を差し伸べる。

今宵、花嫁となって、まだ咲いたこともない蕾を散らす哀れな生贄の手を取るために。

＊

――さて、ときは、二時間ほどさかのぼる。

「百億ですよ」

教会に隣接したホテルの控え室、三千個あまりのダイヤモンドで飾られたウエディングドレスの前で、陣野は自慢の低音を響かせた。

その瞬間、部屋の空気がひやりと凝った。

花嫁の両親も、そして、『猫の手商会』なる、なんでも屋の社員とやらも。

「百っ……!?」

と、一声発しただけで、目を見開いたまま、口をぱくぱくさせている。

学生時代からの腐れ縁で、今は宝石鑑定士兼バイヤーとして陣野を支えている斎木朝人が、南アフリカから買い付けてきたダイヤモンドを惜しげもなく使ったウエディングドレスは、今日、花嫁となるはずの西ノ宮弥生のために用意されたものだった。

そしてまた、無一文から六本木に本店を構える宝飾専門店のオーナーへと成り上がってきた陣野一臣が、名実ともに一流と呼ばれる男になるための証だった。

金も名声も手に入れた。残るは家柄だけ。

欲しいのは、元華族の流れをくむ『西ノ宮』の、格式ある名前なのだ。

書類上の夫婦でけっこう。どんなご面相だろうと、破綻した性格だろうと、浮気相手が腐るほどいようと、笑って娶ってやる気でいた。

だが、あと二時間で式が始まろうというのに、花嫁の姿はここにはない。

『それほど西ノ宮の家名に執着がおありなら、どうぞ御随意になさいませ』

などと、ふざけた一枚のメモだけを残して、使用人と手に手を取って駆け落ちしてしまったのだ、苦労知らずの弥生お嬢様は。

だが、陣野も、散々修羅場をくぐってきた男だ。たとえ五臓六腑が煮えくり返っていようとも、内心の動揺は微塵も顔には出さない。

家柄以外に価値のない女がそれを捨てた以上、もう憤るほどの意義も見出せないが、立志伝中の人と羨望される身では、花嫁に逃げられたマヌケな花婿を演じてやるわけにはいかないのだ。

――それなら、いっそ身代わりを立てればいいじゃん。

そう提案したのは、普段から発想のぶっ飛んでいる、斎木だった。

世界を股にかけて、裏街道を突っ走っている男だから、少々の窮地は屁とも感じない。

フレームレス眼鏡の奥の瞳を悪戯っ子みたいに輝かせながら、こうでなくちゃ面白くない、と鼻歌交じりにパソコンの前に座り、慣れた手つきでネット検索し、『猫の手商会』なるなんでも屋のサイトに、花嫁によく似た顔を見つけ出した。

パソコン画面の写真を単純に信用することはできないにしても、これなら弥生嬢の身代わりがやれそうだと、早速、三森ミオとかいうその女をホテルの控室に呼びつけたまではよかったのだが、まさかこんな落とし穴があろうとは。

ブラウザマジックとか、詐欺写メとか、そういったレベルの問題ではない。いや、顔だけならじゅうぶん似ている。その部分には、加工も補正もなかった。

だが、しかし。

――なぜ男なんだ?

肝の太さには少々でなく自信のある陣野と斎木だから、表情こそ変えなかったものの、思わず、嘘だろう、と目配せしてしまった。

目利き自慢の斎木が、やっちまったな、とばかりに舌を出している。

だが、これは、陣野だとて想像外だ。

大きな目、薄茶の髪、名前も顔も見事に女のそれなのに、胸は真っ平らで、細身のジーンズの中には男の証を隠しているらしい。どうせ貧相な代物（しろもの）だってことは、まったく存在を感じさせない股間を見ただけで知れるのだから、本当についていなければそれでよかったものを。

「ま、この際、男でもかまわねーだろ。顔は似てんだし、弥生嬢もけっこうペチャパイだったから、胸に何か詰め物でもすれば」

一瞬の驚きから即座に立ち直った斎木が、実に彼らしい無責任なアイデアを出した。

そのとたん、三森なる性別詐称（さしょう）のなんでも屋が、目を剝（む）いて異を唱えたのだ。

「男の俺に花嫁の身代わりなんて、無理っすよ」

男としては当然の言いぶんだが、陣野は聞く耳など持たない。

たかが社会人一年生の物知らずに、何がわかる？　と堂々の自信で白を黒と言いくるめる。

「主役は花嫁でなく、このウエディングドレスなんです」

自分達がどんな思惑と覚悟で動いているかを、教えてやる。

結婚という人生最大のイベントは、『ジュエリー陣野』がさらなる飛躍を遂げるための、またとない好機で、それを有効に活かすのが今日の挙式なのだと。

「ドレスを飾るダイヤモンドのすべては、やがて商品となって店頭に並ぶことになっている。陣野一臣と西ノ宮弥生を結びつけたラッキーアイテムという付加価値を持ってね」

こちらが何も頼まなくても、勝手にマスコミが騒いでくれる。取材に集まってくれる。ワイドショーで流される情報は、とてつもない宣伝効果になる。

「今さらご破算（はさん）にすれば損失は計り知れない。その場合、そちらにも相応の賠償金を請求させていただくことになりますが」

名門、西ノ宮といえど、昨今の不景気の煽(あお)りを食らって、内情は火の車。

「賠償金……!?」

呻(うめ)くなり弥生嬢の父親は、体裁(ていさい)をつくろうこともせず、真っ青になって土下座をする。

それが当然の反応だ、と陣野が溜飲(りゅういん)を下げたとき、三森とかいう坊やが一声叫んだ。

「おっさん!」

ぴく、と口元が歪みそうになるのを、陣野は微苦笑で耐える。

——今、なんと言った、このガキ?

二十九歳にしては老け顔なのは自覚してるが、それは威厳と言ってもらいたい。

風格なのだよ、堂々の。

三十過ぎてから十代のガキにおっさんあつかいされるのなら、しかたないとあきらめるが、おまえとは七つしか離れてないんだぞ。たった七つだ。

なのに、おっさん呼ばわりとは失礼千万な、と大人げなく気色(けしき)ばむ。

「まだいたんですか?　もうきみには関係ありません。どうぞお帰りください」

だから、おまえの存在など些末にすぎないと、慇懃(いんぎん)に告げる。

ここから先は、何十億のビジネスの話だ。しょぼいなんでも屋のガキに、用はないのだと。

「娘に駆け落ちなんかさせたのは、親の監督不行き届きだ。でも、駆け落ちしたい気にさせたのはあんただろう?」

なのに、眼前に立つ坊やは、おとなしそうな顔をしながら、滔々と説教などしてくる。

「書類上の夫婦でけっこう、なんて言われりゃあ、どんなバカ娘だってカチンとくるさ」

正義漢ぶってみても、金目当てに因縁をつけているだけのくせに。

「ああ、足代が欲しいんですか。ごくろうさま」

イヤミたっぷりに陣野が差し出した万札を、無下に払い除けて、激高したのだ。

「バカにすんじゃねーよ！　足代が五万なら身代わり賃は五十万か？　あんたにとっちゃ、金は鼻紙程度のもんか？」

善良に生きてきたことの証のように、まっとうな怒りを発散させて。

「計画的に駆け落ちした女は悪い。こんな男に娘を嫁にやることで自分らの生活守ろうとした親も悪い。けど、あんたがいちばん褒められたもんじゃないっ！」

人間、金だけで動くものじゃない、とでも主張するように。

「自分の優位を見せつけるためだけに相手を貶めたんだぞ、あんた。それって人間としてサイテーの行為じゃねーの？」

口だけは達者だが、額には冷や汗を浮かべながら、焦りまくりの内心など見え見えの状態にもかかわらず、それでも必死に、おきれい事でしかない正論をぶつけてくる。

誰に向かって物申しているんだ、と陣野は内心で毒づいた。

どこからどう見ても、中流家庭で大らかに育てられたことが一目でわかる坊やが。そのくせ、昨今の就職難のせいでなんでも屋にしか寄る辺のなかったらしい、少々顔がきれいなだけの無能ながキが、偉そうに。

せっかくの計画をおじゃんにしてくれた西ノ宮のバカ娘と似た顔で説教されて、まったくもっておっしゃるとおりでございます、と納得すると思っているのか？

——なんだ、これは？

最近ではすっかりご無沙汰だった獰猛な何かが、腹の奥のほうからじわじわと湧き上がってくるのを感じる。長く惰眠を貪っていたものが目覚めたようなそれが、全身の筋肉にほどよい緊張感を走らせて、陣野を高揚させる。

通りすがりのヤクザにさえ、生意気だとメンチ切られていた学生のころならいざ知らず、そこそこの成功をおさめてしまった今となっては、露骨な攻撃を仕掛けてくる者もなく、とんと忘れていた感覚だ。

それは、ある意味、心地いいほどしっくりと馴染む。

こうなったら、せいぜい八つ当たりでもさせてもらおうじゃないか、と開き直る。

「ほうー。では、最低ではないきみは、さぞや立派なことができるんだろうね」

何ができる？

どこまでやれる？

生半可なことじゃ許さないぞ。

そこまで言っておきながら、花嫁の身代わりは無理だと二の足を踏んだら、それこそ無責任に仕事を放棄したサイテー野郎だと、鼻で笑ってやる。

手ぐすね引いて相手の反応を待っていた陣野に突きつけられた、鋭い声。

「おうよ、やってやろうじゃん！」

売り言葉に買い言葉とばかりに、怖いもの知らずの坊やは薄い胸を叩いた。その衝撃でよろめくんじゃないかと思うほど非力なくせに、一丁前の口をきく。

「ウエディングドレスだってなんだってドーンとこいってんだ！」

分不相応な強がりが、無駄に男の闘争心を煽るとも知らず。

「では、決まりだ。その言葉、違えないでくれたまえよ」

瞬間、三森の顔が、ヤバイとばかりに引きつったのを、陣野は見逃さない。

むろん、今さらなしにしてやる気など、さらさらない。

おとなしい顔に見合った、弱々しい態度でいればよかったものを。

びくびくして、おべっか使って、媚びへつらっていれば、それでよかったものを。

身の程知らずに誰に歯向かったのか、思い知らせてやろう。

教会での挙式の最中、来賓の視線が注がれる中、誓いのキスは、腰が抜けるほど、たっぷり舌の絡んだ濃厚なのをお見舞いしてやろう。覚悟するがいい。

ついでに、新婚初夜なんてお楽しみも、控えている。

泣いて許しを請うまで辱めてやる方法は、いくらでもある。

たとえ男相手であろうと、その気になれば色々と破廉恥な手段を思いつくほどに、経験だけは積んできた。望んだわけでもないし、威張ることでもないが、暇潰しにはちょうどいい。

「さて、着替えてもらおうか。百億のウエディングドレスに」

勝手にこみ上げる笑いを隠しもせずに、陣野は悠然と告げた。


「え？　し、下着も女物っ!?」

西ノ宮夫妻が退出した控室で、三森ミオは『猫の手商会』のロゴ入りジャンパーを脱ぎながら、驚きの声をあげた。それに陣野は、たっぷりの皮肉で答える。

「もちろんですよ。花嫁がウエディングドレスの下に男物の下着を穿いてるなんて、愚の骨頂」

「そ、そんなの……ドレスに隠れて見えねーじゃん」

「指輪を交換しながら、このドレスの中は男物の下着だなんて思ったら、気分が萎えるだろう。ああ、でも、もちろんできないならやめてもいいんだよ」

「……くっ……！」

三森はギリッと唇を噛み、色白の頬を羞恥に染める。

ウェディングドレスだけでなく、下着まですべて女物を着用させる。さすが変態……いや変人代表の斎木の発案だけあって、人の矜持を見事に切り裂いていく。

「あんたは出てけよ！　新郎が新婦の着替えを見てるなんて、変だろうが」

それでも、精一杯の意地と良識を振りかざし、三森は憎い男を追い出しにかかる。

ここで長居をしてはさすがに不作法すぎると、陣野は斎木にあとを任せて、踵を返す。ドアノブをつかんだところで振り返り、コルセットやらパニエやらを相手に孤軍奮闘している、にわかフィアンセを流し見る。

——ふん、そんじょそこらの女よりよほどきれいな肌をしてるじゃないか。

まるで真珠の光沢を思わせるような。弥生嬢に似ているだけあって、整った面立ちをしてると思っていたが、その上、ボディラインも男にしては妙に艶めかしい。

「コルセットのつけ方も知らないのか？」

思わず、揶揄を含ませて訊いてしまう。

「お、男がそんなこと知ってるかよ！」

拗ねたように頬を膨らませるさまも、少女のように可愛いらしい。

「つーか、いつまで見てんだよ！　さっさと出てけって」

憎らしい言葉を吐き出す唇も濡れたように色っぽくて、視線が吸い寄せられる。

何より、陣野を成金の山師だと見下げていたあの高慢なお嬢様とは、決定的に目が違う。

本当は困っているくせに。怯えているくせに。それでも、逃げるのは嫌だと言わんばかりに、恥辱まみれの行為を要求する男を、やせ我慢でもって、射貫く視線。

怒っても、拗ねても、呆れても、見事に感情を正直に映し出す、瞳だ。

クルクルと表情が変わり、一時たりともじっとしていない。

陣野の慇懃無礼な態度に心底から怒ったり、娘に逃げられた西ノ宮の両親に同情したり、いきなり熱血教師のような説教を始めたり、逢ったばかりの人間に対しても、まっすぐに感情をぶつけてくる。軟弱な女のような顔をしながら、情けないほど筋肉のないへなちょこの腕をしながら、逃げ出すのは癪な意地っ張りだと、全部、顔に書いてある。

きっと、いい家庭で育ったのだろう、と漠然と思う。陣野がこだわっている家柄とかの意味ではなく、優しかったり、楽しかったり、穏やかだったり、厳しかったり、そんな普通の親や兄弟に、たっぷり愛情を注がれて育ったのだろう。

曇りも不純物もない、どこまでも透き通った光沢を放つ宝石のような、瞳。

ダイヤモンドにたとえるなら、カラット、カット、カラー、クラリティ――4Cとも最高水準のグレードということか。

どれほど紳士然とした外面をつくろっても、しょせんは模造品でしかない陣野とは、まったく正反対のタイプだ。

「はいはい。私のフィアンセはご機嫌斜めのようだ。では、外でお待ちしてますよ」

わざとらしいフィアンセあつかいに、ムッと口を突き出した三森は、でも、すぐに考えを改めたらしく、わざとらしくドレスで胸元を隠して、言ったのだ。

「外に出てくださいません、陣野さん。恥ずかしくて着替えができないわ」

芝居っ気たっぷりに、恥じらうふりなどして。

「はっはー、やられたな、陣野。おまえの負けだ。さっさと出てけよ、新郎は」

爆笑する斎木に肘で突かれて、陣野は奇妙に名残惜しい気分で、控室をあとにした。

「……完璧な花嫁か」

廊下に出ると、庭を一望できる窓辺に歩み寄り、枯れ木交じりの遊歩道の中に見え隠れする、チャペルの円錐形の屋根を望みながら、独りごちる。

周囲には、そろそろ参列者が集まりはじめている。

「知らぬが仏、見ぬが秘事。おまえらは今日、とんでもないものに拍手喝采するんだぞ」

下着まで女物を穿け、と言ってやったときの三森の悔しそうな顔を思い出し、くくっと喉を鳴らす。今ごろ、ただでさえ小さくてギチギチの下着に、男の股間についたあれこれをおさめようと、悪戦苦闘してるのだろうか。何やら想像するだけで、胸が躍る。

ついさっきまで、せっかくの計画が頓挫するのではと、かなり苛立っていたはずなのに、逃げ出した花嫁のことなど、もうすっかり頭から消えている。

「三森ミオか。俺に逆らったのが、運の尽きだったな」

人生最高の日が最悪の日に転落したと思っていたが、なのに、妙に楽しいことになりそうな予感がする。少々大人げないとは思うが、チャンスをやったのに逃げなかったほうが悪い。

許してください、と素直に謝れば手を引いてやったものを。身のほど知らずに、説教まがいの口をきいたからには、ただではおかない。どこまで意地を張り続けられるか見せてもらおう。

結婚式のあとは撮影会。そして、このホテルの最上階エグゼクティブスイートでの、楽しい楽しい初夜が待っているのだから。そのときにこそ、エンゲージリングとマリッジリング――花嫁の指に煌めくふたつの指輪が誰の所有の証であるかを、知らしめてやる。

もちろん陣野に、男を抱く趣味などない。それでも、力でベッドにねじ伏せてやれば、三森も、自分が発揮したはんぱなだけの正義感が、どれほど無謀だったか思い知るはず。

「俺もたいがい性格が悪いな。こんなだから敵を作る」

言うほどには反省もせず、陣野は出がけに、斎木からもらったタバコを咥え、火をつける。

ほのかなメンソールの味が、口の中に広がっていくのが、心地いい。

「エクスタシーか……」

斎木は銘柄にはこだわらない。タバコだけでなく、口に入れるものに、好き嫌いはまったくと言っていいほどない。というか、なんでも美味しくいただく雑食人間だ。

なのに、今日にかぎって、エクスタシーのメンソールか。

「恍惚ね」

その言葉の意味を考えながら、しばし、見るともなく庭を見ていた。

「――おい、陣野。マジで女に見えるぜ、あの坊や」

ぽん、と肩を叩かれて振り返れば、そこに斎木の呑気顔があった。

「けどさ、この場は誤魔化すにしても、あとはどうするよ。ニセ夫婦を演じるのか？」

一仕事終えた様子の斎木に、もう着替えはすんだのか？　と訊こうとした瞬間、陣野は自分の勘違いに気がついた。思った以上に長いこと、ここに佇んでいたのだ。

身代わりでしかない花嫁に――それも男相手に、妄想を膨らませてにやけていたとは、恥さらしにもほどがある。こんなマヌケな動揺など、旧友にだって悟られたくはない。

「ふん……。苦労知らずのお嬢様だ。泣いて逃げ帰ってくるさ。そしたら、即離婚だ」

わざと辛辣な物言いをして、陣野は気持ちを戦闘モードに切り替える。

「実際、あっちは計画的な不倫なんだ。文句は言わせん」

「いいんかねー。マスコミに叩かれるぜ」

「かまうものか。よかれ悪しかれ、話題になればそれでいい」

ド派手な話題で挙式をぶち上げながら、その舌の根も乾かぬうちに離婚となれば、再びマスコミは大騒ぎしてくれる。幸福の絶頂から急転直下の破局なんて、一粒で二度美味しい実にセンセーショナルなネタだ。マイナス要因すらも宣伝に利用する、それが陣野一臣の流儀だ。

結果として誰が傷つこうが、むろん知ったことではない。

「俺は手に入れる。あの男と戦う力を、かならず！」

目的はただひとつ——憎むべき男を、完膚なきまでに叩きのめす。

必要なのは金と権力。儲けに繋がるなら、偽装結婚、炎上商法、なんでもござれだ。

「ふふーん。おまえさ、やけに楽しそうじゃん」

揶揄するような斎木の言いざまに、当然とばかりに、陣野は肩をそびやかす。

「また一歩、あの男の立つ場所に、近づけるんだぞ」

「やー、そっちの意味じゃなくて。なんか、好きな女の子をかまう虐めっ子の顔してる」

えっ？　と息を呑み、陣野は反論の声をなくす。

窓ガラスに映った自分の顔に、お愛想ではない笑みが浮かんでいるのが目に入る。

何をにやついてるんだかと、むずがゆくなるような決まり悪さを感じて、それを掻き消すために陣野はガラスに煙を吹きかける。

ふわりと立ちのぼる紫煙までが、妙に楽しげに揺らめいていた。

＊

パイプオルガンの荘厳な音色が響く中、陣野にとっての一世一代のイベントが続いている。

神の御前で偽りでしかない永遠の誓いを交わし、本当は女なのではと錯覚しそうなほど見事に変身したエセ花嫁の指に、マリッジリングをはめる。

——さて、まずは軽く、誓いのキスで翻弄してやろうか。

などと浮かれたことを企んでいた陣野は、この瞬間、愛など薄ら寒いだけだと思っていた人生感が根こそぎ覆されたことに、気づいてもいなかった。

アダマス……〝征服されざる者〟という由来を持つ、ダイヤモンド。

その輝きで身を包んだ花嫁、三森ミオこそが、陣野一臣にとって、征服しようとしてかなわぬ、唯一の存在になろうとは。

運命はこの瞬間にも、まだ見ぬ大海原へ向かって、舵を切りはじめていたのだ。

ろくでもなかった男の人生に、一発逆転の、幸運をもたらすために。

きみが生まれた日に乾杯　～ミオの誕生日編～

二月も末。平凡すぎるほど平凡な二十二歳の男だった俺が、身代わり結婚なる珍妙ななりゆきでもって、人生が一八〇度ひっくり返るような大転身のあげく、宝飾専門店『ジュエリー陣野』のオーナー、陣野一臣と新婚生活を送るようになって、一カ月半。

一生を誓うプロポーズを受けて、まだ数日。

俺はふわふわと足下が浮き立つような、夢心地の毎日をすごしている。

二人の新婚家庭は、洒落（しゃれ）た街並みを望む、二十五階建てデザイナーズマンション『パークキャッスル代官山（だいかんやま）』の最上階にある。いわゆるペントハウスってやつだ。

その玄関ホールで、陣野は今朝もまた、行ってきますの挨拶（あいさつ）にしては熱烈すぎるキスを仕掛けてくる。

贅沢（ぜいたく）にフロア全体を占有しているし、ペントハウスには直通エレベーターでしか上れないし、一階のエントランスには警備員が常駐しているから、いきなりの来客に覗（のぞ）かれる心配は皆無なんだけど、しつこすぎるって。

食（は）みあわせた唇からは、ちゅくちゅくと濡れた音が響いてくる。

絡まる舌を痺れるほどに強く吸われ、延々と続くそれに肺が軋（きし）んで酸素を欲するころに、ようやく名残惜しげに舌なめずりしながら、肉厚の唇が離れていく。

それでもまだ足りないらしく、髪に、頬に、耳朶に、何度も軽いキスを落としてくる。

出がけの挨拶のしつこさは毎度のことだけど、それにしても、なんだか浮かれぶりがいつもと違うような、と肌を合わせた者だけにわかる雰囲気のようなものを感じていると、甘い重低音がその理由を囁きかけてきた。

「もうすぐだね、きみの誕生日」

「え？　ああ……、知ってたんだ」

「きみのことで、知らないことがあるわけがないだろう。マイ・ハニー」

当然だけど、俺をこの部屋に住まわせると決めたときに、探偵社に依頼して三森ミオのあれこれを徹底的に調査させたらしい。そうでなくても、仕事先の『猫の手商会』に問い合わせればすぐにわかることだから、驚きはしないけどさ。

「なんといっても、結婚して初めての新妻の誕生日とあれば、特別だからね」

「はは……。新妻、ってね……」

俺は苦笑いをしながら、人生の大転換となった日のことを、思い出す。

——始まりは、『猫の手商会』に舞い込んできた、仕事の依頼だった。

ホームページにアップされているスタッフの写真を見て、俺を名指しで、結婚式での代役を頼みたいとのことで——それ自体はさほど珍しくはない。新郎と新婦の招待客の人数合わせで、親戚の身代わりとして駆り出されたこともある。

ともかく、式を挙げるホテルの控え室へ足を運んで、詳しい事情を聞いた俺は、しばし唖然と固まってしまったよ。

なんと、俺の代役って、挙式当日に姿を消した花嫁のだった。

――何、それ？　男の俺が、花嫁って？　奇妙奇天烈、そんなんあり？

俺も驚いたけど、向こうも現れたのが男ってことに驚いてたから、不本意だけど、このチャームな顔とミオって名前ゆえの勘違いがあったんだなと、すぐに気がついたよ。

その上、ふんぞり返って事情を説明する陣野一臣の、見てくれは紳士然としているのに、根性最悪の傲慢男ぶりを見て、これは逃げられても当然だな、と納得もした。

ようは、ビジネス最優先の陣野が、金の次は名誉とばかりに企んだ、元華族のお嬢様との結婚だったのだが、当のお嬢様が、挙式当日に他の男と駆け落ちしてしまったのだという。

男としては赤っ恥をかかされた上に、『ジュエリー陣野』の宣伝も兼ねて――というか、こっちが本命だったのだが、百億円のウエディングドレスまで用意してしまったこともあって、キャンセルするわけにもいかず、そっくりさんを代役に立てようって姑息なことを考えたわけだ。

その白羽の矢が立ったのが、俺だった。

にしても、ウエディングドレスに身を包んで花嫁役をやるとあっては、いくら仕事とはいえ、そう簡単にうなずけるもんじゃない。

断れるもんなら、断りたかったんだけど。

ひたすら土下座して謝る花嫁の両親に向かって、これは結婚という名のプロジェクトなのだとか、このままでは百億のウエディングドレスに相応する賠償金を請求することになるとか、札束で人の顔を引っぱたくような態度に、もうームカつきまくっちゃって。

そこで、どうせ他人事と聞き流せるほど、俺はおとなしくはなかった。

熱血親父の遺伝子のせいか、自前のチャパツが似合う可愛い外見を裏切って、けっこう短気だし、理不尽を見て見ぬふりができない、やっかいな性格なんだよ。

で、ついつい生意気にも、人間としてサイテーの行為じゃねーの？　とか、お説教まがいのことを口走っちゃったんだ。

それを陣野は、軽くいなしたんだ。どうせ何もできないくせに、とでも言わんばかりに。

――では、最低ではないきみは、さぞや立派なことができるんだろうね。

薄ら寒い対外用の微笑みを、紳士の顔に貼りつけてさ。

それで、できません、とは言えねーじゃん。

どうせ宣伝プロジェクトと当人達が言ってるんだから、割りきればいい。

教会で型どおりの結婚式を演じたあとは、マスコミ対策にと、にこやかに笑ってフラッシュを浴びていればいい――それが身代わり花嫁の仕事だった。

なのに、どこをどう間違ったのか、初夜なんてオプションまでつけられて、気がついたときには強制同棲へと雪崩れ込んでいた。

最初のころは、二十九歳にして立志伝中の人物と経済誌でも取り上げられる男の、外面だけは紳士然としているくせに、一皮剝けば、強引で、傲慢で、鬼畜な態度が腹立たしくて、意地ばかり張っていた。

でも、陣野の陰りを知るにつれて、本当は孤独でしかたないのに、それが寂しさだということにさえ気づかない男が内包する虚無に、大家族で育った俺の情が反応してしまったんだ。

せめて、居心地のいい部屋と、あたたかい食事を与えたい、なんて思ったときから、もう気持ちは傾いてしまってたんだよな。

そりゃあ、身体の相性がいいってことも認めてはいるよ、うん、まあ……。

だから、結局は身代わりでしかないって思ったら、悔しくて逃げ出していた。

駆けて、駆けて、駆けて、泣きながら逃げ込んだ公園まで、陣野が追いかけてきてくれた。

あのときの出来事を思い出せば、今も身体が震える。

驚愕、歓喜、期待、そして幸福感で。

——プロポーズをする権利はあるだろうか？

騎士のように俺の前に跪いた陣野は、ピンクダイヤモンドのエンゲージリングをポケットから取り出して、俺の左手の薬指にはめてくれた。

——愛している、ミオ。どうか私のそばに。

傲慢男の本音が耳奥に蘇って、ついつい顔がニヤケる。

今だって、行ってきますのキスなのに、身体がやけに熱くなってきちゃって、困るんだ。

夢中になってるのは、陣野だけじゃない。俺も、じゅうぶんもう夢中。

「実は、頼んであったプレゼントが、今日にはできあがってくる予定なんだ」

だから、こんな何気ない一言にも、胸が躍る。

「え、わざわざ作ってくれたの？　何、何？」
そっか、俺の誕生日か。テンションが高いと思っていたら、そういうことか。
「それは見てのお楽しみ――ってことで、当日はホテルでも予約しようか。エグゼクティブスイートで二人っきりのディナーを楽しんで、そのままいっしょに夜をすごす。年に一度の特別な日だからね。本当はバレンタインデーにもそうしたかったけど、あのころはまだ二人ともぎくしゃくしていたから」

　ああ、そうだった。あのころはまだ、身代わりの偽装夫婦でしかなかった。

　それでも俺の気持ちは、すでにちょっとばかり陣野に傾いていたし、やはりバレンタインデーは特別だからと、食後のデザート代わりに、甘さ控えめのチョコレートムースを作ってあげたんだっけ。

　いっしょに味わおうと、口にムースを含んだまま送られてきたキスより、さらにとろけるような陣野の顔は、しっかり瞼の裏に焼きついている。結局、そのままベッドに連れ去られて、チョコレートの何倍も甘くてビターな夜をすごしたっけ。

　――今夜はハニーじゃなくてショコラと呼ぼう。さあ、とろとろに溶かしてあげるよ。

　なんて、例によって、芝居がかったセリフを囁かれながら。

　あのときはお決まりの夫の演技だと思っていたけど、仕事だからとか契約だからとか言いながらも、俺にだけ向けてくる柔らかな表情と情熱的な眼差しにもう少し早く気づいていれば、どうせ身代わりにすぎないんだから、なんて鬱々と落ち込むこともなかったのに。

でも、そっか、俺の誕生日は、二人の気持ちが通じあって以来、初めてのイベントなんだ。

「けど、わざわざホテルに？　この部屋だって、どんな立派なホテルよりずっとゴージャスだし、すてきなのに」

「この部屋がすてきになったのは、きみが毎日花を飾ってくれてるからだよ」

言われて俺は、開け放たれたままの玄関ドアの奥へと、視線を向ける。

初めてここに足を踏み入れたとき、宝石商にふさわしく整えられてはいても、生活感も個性もないモデルルームみたいな部屋だと感じたっけ。

想いを確認しあってからは、仕事のちょっとした合間に二人でショッピングに出かけて、インテリアや生活雑貨の店を覗くようになった。

お揃(そろ)いのマグカップ、赤いケトル、鍋つかみやランチョンマット——キッチンのちょっとした小物から始まって、室内を彩(いろど)る家具やカーテンや絨毯(じゅうたん)、緑眩(まばゆ)い観葉植物や、玄関ポーチを彩るプランターまで、二人で選んだ。

生活臭のかけらもなかった無機質な空間が、少しずつ俺達の色に染められてく。

そう、俺のだけじゃない。俺と陣野と二人の色に染まっていく——それが嬉しくて、せっせと模様替えにいそしんだ。

だから、どうせなら誕生日は、ホテルよりも二人の新居ですごしたいんだけど。

傍(かたわ)らに旦那様がいてくれれば、それこそが最高のプレゼントだから。

なんてことは、心で思っても、絶対口にしちゃいけない。

図に乗った旦那様が、うきうきと何をしでかすかわからないから。

素っ裸でナニだけリボンで飾って『さあ、これが私のプレゼントだよ』なんて、やられたくはない、絶対に。

「三月三日生まれか。きみにぴったりだ。女の子の日だね」

ほら、すでに思考は、妙なほうへと向かってるじゃないか。

「それをゆーなら女の子の節句だろ。女の子の日って……その表現、すっげーヤだ。なんつーか、別の意味に聞こえるって」

「ああ、そうだね。雛（ひな）あられじゃなく、お赤飯が似合う日になってしまう」

くくっ、と陣野が、喉奥で小さく笑う。

「本当に不思議だよ。こんなにもすてきな花嫁なのに、どうして女の子の日がないんだろうね。でも、この細腰じゃ子供を産むのはつらいだろうし、それ以前に、月に一週間もおあずけを食らったら私が飢えてしまうから、それがきっと神のおぼし召しなんだろう」

ここぞとばかりに俺の腰を撫でながら煩悩（ぼんのう）の世界に旅立った男が、本気なのか冗談なのかわからないことを、うっとりと囁きかけてくる。

最初が花嫁の身代わりから始まったせいか、何かといえばこうやって、俺と女を比較する。

俺的には、自分が女だったらなんてことは、たとえ仮定の話であろうとしたくはないのに。

「あのさー、ストレートに、俺が男だからって言えないわけ？」

イヤなことはイヤだと主張しないと、こいつの悪癖は直らないな、と少々きつく言ったのに。

「きみに性別は関係ないよ。私の花嫁はエンジェルだから」

返ってきたのは、もっとオゾゾーな答えだった。
エ、エンジェルって……？　どこのどなた様がぁー!?
うわぁー、ダメ、全身サブイボ！

俺が本当に女だったら、こんな鳥肌もんのリップサービスにさえ昇天しちゃうのかもしれないけど、そこはやっぱり男だからさ。ちっとも喜べないってーか、性別不明だか両性具有だか知らないけど、天使(エンジェル)あつかいはやめてよ、って感じ。

でも、誕生日になったら、こんな歯の浮くようなセリフを山ほど聞かされるんだろうな。

——と、そこまで考えて、とぉーってもマズイことに気づいてしまった。

我が三森家では、誕生日イコール一家のイベント、なのだ。

俺どころか、ふたつ年上の正実(まさみ)兄貴でさえ、その日は実家に戻って、家族といっしょにバースデーケーキを囲むのが、慣例となっている。

つまり、陣野の煩悩頭に、どれほどすばらしい『二人っきりのラブラブバースデー企画』が詰まっていようとも、それを計画どおりに進めるのは無理ってことだ。

「え、えーと……俺は庶民だから、誕生日をホテルで祝うとかってあんまり好きくないかも」

勢いのまま陣野がホテルを予約する前に、俺は慌ててストップをかける。

「そう。三森家の誕生日はどういうのかな？」

「あ、ウチ？　ウチはさ、ともかく安くて量のある食い物ってのが、いちばんのポイントだから。

近所のケーキ屋ででっかいホールのケーキを買ってきて、デコレーションのホワイトチョコに、みんなでメッセージを書くんだ」

「ああ、それはいいね。私はケーキは作れないけど、『Happy birthday My honey Mio』って生クリームで書いてから、美味しく食べてあげるよ」

何を考えているのか、くすっ、と陣野が含み笑いをする。

あ、なんか今、ピンときちゃった……。

きっと、こいつがメッセージを書くのは、ケーキだけじゃなくて俺の身体にもなんだぜ。

それでもって、ああ、こんなところにもクリームがついてる、とか言いながら、あっちこっち嘗（な）め回すんだろうな――って、そんなことまでわかっちゃう自分が、ちょっと哀しい。

「や……、てゆーか、色々ご計画練ってるところ、悪いんだけど」

俺は陣野の胸からそっと抜け出して、めいっぱい脂下（やにさ）がった笑顔を見上げる。

「ん？」

「あの、俺、その日は実家に帰らないと」

「…………はい……？」

でろでろの顔が、笑った形のままで固まった。

「俺んち、そーゆーイベントは家族で祝うことになってるんだ。正実兄貴も家を出て三年たつけど、誕生日は必ず実家で祝ってるから、俺も帰らないと」

「……実家に……帰るの？」

硬直していた陣野の顔がようやくほどけ、何か信じられない言葉を聞いたような茫然とした表情へと変化していく。

「じゃ……、私との、ラブラブバースデーは？」

「うーん、ちょっと無理かなぁ」

「そ、そんな……。あれこれプレゼントは用意しているけど、でも、やっぱり最高のプレゼントは私でしかないから、ここをリボンの代わりに真珠や琥珀で飾り立てて、存分に楽しんでおくれ、って言おうと思っていたのに」

ここを、と言いつつ陣野が指さした先に視線を向けて、俺はがっくりと肩を落とした。

この完璧な紳士面で、男らしさの権化のような見事な体躯で、ぴしりとネクタイを締めた隙ひとつないスーツ姿で、そーゆーポーズが平気でやれちゃう美意識のなさは、何？

その感性で、どうして宝石商なんてやってられるのか、疑問になるよ。

だいたい、リボンじゃなくて宝石でナニを飾るなんて、商売道具を穢すようなことを平然と言ってのける神経が、俺にはとうてい理解できん。

そう、真珠といえばあれだ。過去最悪の変態プレイ――訪問販売員ゴッコで真珠を使われたときの屈辱が蘇ってきて、俺はぶんと首を振る。

「いらん、そんなもん！　ただでさえギッチギチなのに、なんやかんやで飾られたもんなんか、ずぇーったい、いらんっ！」

「どうして？　飾り立てた宝石が中でごろごろと動き回って、そりゃあ最高の気分になれるのに。

もうすでにそれ用のペニスサックを作らせているし」

「ペニ……って……!?」

じゃあ、さっき言ってた、今日にはできあがってくる見てのお楽しみのプレゼントって、宝石で飾り立てたペニスサックなのか？

「つ、作るなぁっ、そんなもんっ！」

「作るし、使うし、きみの誕生日もいっしょに祝う」

話題がエロモードに突入したせいか、陣野はようようショックから脱し、ムッと眉根を寄せて開き直った。

「だから、そんなもん使う以前に、いっしょに祝うのは無理なんだってー」

陣野と出逢ったのは、一月も半ばのころ。

暮れには、俺はまだわびしい独り暮らしだったから、るんるん顔で帰宅して、このときとばかりに年越しそばも雑煮もたらふく食って、やっぱり実家はサイコー、って上げ膳据え膳の生活を堪能(たんのう)したあげく、おせちの残りまでタッパーに詰めて土産に持たせてもらったんだ。

それからわずか三カ月後の、年に一度しかない自分のためのイベントを、仕事を理由に断ったりしたら、家族に怪しまれる。

もともと我が家では、大事な日はみんなで祝うことになっている。

というかそれが、親父が勝手に決めた三森家の家訓なんだ。けっこう頑固親父だから、いったん決めたことは守らないと気がすまない部分がある。

昔から躾けにも厳しかった。殴られたり怒鳴られたりはけっこうあったけど、そのぶん、特別な日には、みんなが笑顔になれるようにと、全力で楽しめる企画を考えてくれた。

正実兄貴が堅実な公務員の道を選んだのに対して、俺が『なんでも屋』なる奇妙な職を選んだときにも、本人の意志ならしかたないな、と許してくれた。

四人の子供の個性を重んじて、それぞれの判断を認めてくれている。

その代わり、祖父ちゃんと祖母ちゃんは大事にしろ――これが最優先事項なのだ。

家族を大切にする、いい親父だと思う。

だが、今回にかぎっては、その性格が仇となるってわけだ。

一応、対外的な俺の立場は、住み込みのハウスキーパーだ。両親も祖父母も、一時逃れでしかないその言いわけをすっかり鵜呑みにしている。二十四時間勤務だけど、逆にいえば九時～五時のサラリーマンでないぶん、休日をとるにも融通がきく。

盆暮れ正月はもとより、誕生日だって休んで当然と、我が家の認識はそうなっている。

――なんて理屈は、とうてい陣野には通用しない。

「私より家族を選ぶのか？　しかし、きみだって、いい歳をして、誕生日を実家で祝うなんて、みっともないと思わないか？」

「みっともない……？」

おい、それはちょっと口がすぎるんじゃないか？

いい歳をして、できっこない二者択一を押しつけてくる男に、そこまで言われたくはないぞ。

「あのさー、楽しみにしてたのはわかるし、不機嫌になるのもしょうがないとは思うけど、ウチの人間をバカにしないでくれる。両親や兄弟だけじゃなく、祖父ちゃんや祖母ちゃんが待ってるんだからさ。老人と子供には優しくしろってのが、三森家の家訓なの」

「私は、きみ以外の誰にも、優しくなんかしたくない！」

「もー、威張るなよ、そんなことで」

拗ねきって宣言してくる旦那様を前に、俺はどうしたもんかとため息をついた。


「ホント、三森って、マジでまっとうな家で育ったんだな」

口コミで人気の甘味喫茶の一角、斎木朝人は感心しているのか呆れているのか、抹茶アイスでてろりと濡れ光った唇を嘗めつつ言った。

めいっぱいラブラブな朝が、めいっぱい険悪になってしまった翌日。いっこうに機嫌の直らない陣野に朝から散々にいたぶられて怠い腰をさすりつつ、俺はこうなったら困ったときの斎木様頼みしかないと、携帯電話にすがったんだ。

陣野とは高校時代からの腐れ縁、と自認する男は、今は『ジュエリー陣野』専属の宝石鑑定士として、世界を股にかけて磨いてきた博識を、存分に披露している。

立志伝中の人物として陣野が語られるようになるには、斎木の知謀が不可欠だったはず。

にもかかわらず、自らの手柄になど興味もないのか、陣野が放つ存在感の陰に隠れて、いつも飄々（ひょうひょう）と佇（たたず）んでいる。

　珍しい石と、美味（うま）い食べ物があれば、他には何もいらない。

　そんな態度を貫いている男の、今日は和風の気分だというリクエストと、ついでに絶対に陣野が現れるはずのない場所ということで、女性客率九〇パーセントの甘味喫茶での密談となったわけだ。

「けど、三森家のその常識を陣野にぶつけるのは、ちーっとばかり可哀想なんじゃない」

　ひんやりした抹茶アイスと熱々の白玉ぜんざいを、交互に口に運びながら、斎木は当然のように陣野擁護（ようご）の一票を投じてくる。

「わかってるよ、それは。けどさ、俺、社会人になって初めての誕生日じゃん。ウチの人間にとってもちょっと特別感があるから。これが二、三年先だったら、もう実家で誕生日を祝ってもらう歳じゃない、って言えたんだけど」

　家庭崩壊が叫ばれて久しい昨今、祖父母含めて八人での生活が長かった我が家は、ご近所でも珍しいほどのなかよし一家だ。

　比べて、十八のときに母親を亡くして以来、愛人の子というマイナス要因を背負いながらも、根性ひとつで成り上がってきた陣野に、我が家の感覚を理解しろってのが無理な話だ。

「陣野さんには悪いと思ってるよ、本当に。でも、それとこれとは別問題じゃん。俺、家族を捨てても愛を選ぶ、みたいな感覚は、実はなかったりするんだ」

これじゃあ相談っていうより愚痴じゃん、とか思いながら、俺は手に持ったみたらし団子の串で、もう食べる気の失せた二本目の団子を意味もなく突っつく。

「俺が今の俺になったのは、親父やお袋や、家族みんながいたからで。それを否定されたりとかするのは、なんか違うってゆーか……」

「まー、気持ちはわからなくもないな」

斎木は、リムレスの眼鏡の奥で、にんまりと笑う。

「てゆーか、そーゆー三森だからこそ、陣野だって惚れたんじゃないの。ま、ある種のあこがれってかさー」

「あこがれてんの、陣野さんが、ウチに？」

「じゃねーの。だからこそ、三森が当たり前にやってきたことを、今度は自分でやってみたいんだろ。にしても、バースデーパーティーとはねぇ。いったいどなた様の発想よ、って感じ。やー、なんか砂吐きそうだわ、俺」

斎木は渋面を作ると、口直しとばかりに、今度は白玉ぜんざいの椀を取る。

麗しい見かけを激しく裏切って、お行儀ってやつを含めて言動のいっさいにまったく頓着しない男は、抹茶アイスのスプーンを箸代わりにしたあげく、妙に耳につく響きを立てて、ずずっと粒餡たっぷりの汁をすすった。

一瞬、周囲の視線が注がれたのは見ないふりして、俺は話を進める。

「学生時代も、ぜんぜんそーゆーことしなかったの？　斎木さんとも？」

「俺と陣野が、何すんのよ?」

「だから、誕生日にプレゼント交換したりとか、二人だけのイベントを……」

友人同士なら当たり前にやることだと思って、何気なく聞いたとたん、斎木はぱったりとテーブルにうつ伏せた。

「やめろって。考えたくもねぇー」

ぶんぶんと首を振りながら復活すると、めいっぱい不快げに吐き捨てた。

「俺がやんのか、陣野とプレゼント交換? 無理、無理。俺らは世間の常識から外れたところで繋がってるから、そーゆーのはいっさいないの」

「正月とか、クリスマスとかも?」

「んー、正月ねぇ……」

本当に引っぱり出すネタがないのか、記憶力抜群の男らしくもなくガジガジと薄茶の髪を掻いていた斎木だったが、ややあって、何かを思い出したのか、パッと笑顔を作った。

「そうだ、そうだ、一度だけあったわ」

「何?」

「俺が族に入ってたころだ。大晦日の夜に湘南(しょうなん)までぶっ飛ばして『二年参り』やってたんだけど、一度だけ陣野を誘ったことがあったわ。俺、特攻隊長やってたからさ、背中に般若(はんにゃ)の顔を縫いとりしたまっ白な特攻服を翻(ひるがえ)して、陣野とタンデムで先頭きって走ったんだ。やー、サイコーだったぜ、あんときはよ。白バイなんぞが追っかけてきたって、もちろん走り比べなら負けやしないから、一瞬でさようならー、だぜ。――な、あれもイベントだよな」

ただでさえ通りのいいテノールに、さらに身振り手振りを交えてしゃべりながら、斎木は豪快に高笑いを響かせる。

「それ……違うと思う」

俺は握っていた串を、ちっちと振って、否定する。

暴走族の特攻隊長、って、そんなもんまでやってたのか、この人。

ってか、『二年参り』って何？　意味わかんないんですけど。

ホント、武勇伝には事欠かない人っすね。

日本人にしては色の薄い瞳は、その狡知（こうち）ごと眼鏡の奥に隠れているし、緩く編んだお下げ髪や、やたらとハデな柄のルーズセーターや、大らかを通り越して大ざっぱにしか見えない言動のせいで、お茶目系の美形と思われがちな斎木だが、本性は、触れなば切れん刃のごとく冷酷無比（れいこくむひ）な男なのだ。

ジャングルでゲリラと遭遇したり、オフリミット地域に踏み込んで小銃突きつけられたりの、超ハードな海外編に比べりゃ、日本の過去編など、ほんのウォーミングアップ。

斎木にしたら、若気の過（あやま）ち程度でしかないんだろうけど、現実味を帯びてるぶんだけあれこれ想像できちゃって、小市民の俺にはそっちのほうが怖いかも。

般若が描かれたまっ白な特攻服……うわー、なんかもう似合いすぎ。

「違うっても、他には思いつかねーよ。超グレまくってた高校時代だぜ」

「や……だから、ちょっと声が大きいって……」

俺はずいぶんと慣れてきたけど、店内にいらっしゃる皆々様は、あの美形、誰？　とか思って見てるんだろうから、せめてもう少し声のトーンを落としてもらえないだろうか。

なんて、俺の希望も周囲の期待もさらりと無視して、斎木は本題に切り込んでくる。

「うーん、陣野は、まあ、昔の女が勝手に誕生祝いとかしてくれたことはあるかもしれないけど。自分から誰かの誕生日を祝ってやったことなんか、まずねーだろうし。そーゆー習慣ってか感覚自体がないんだわ、あいつ。お袋さん、夜のお勤めだったろ。誕生日とかクリスマスとか、呑気にほけほけ遊んでるヒマとかなかったからさ」

「あ……」

「それくらい、あいつにとっては、家族とのお楽しみなんてのは縁がなかったし、なくて当然だったんだ。なのに、三森のこととなると、いきなりイベント魔に変身だから。びっくりだぜ」

ああ、そうだった。母親がホステスとなれば、昼夜逆転の生活だから、子供のために祝い事をしてる余裕もなかったんだろう。

「初めて、人の誕生日を祝うんだぜ。——それも、いっちゃん大事な花嫁さんなんだから、そりゃあリキは入るさ」

「……うん……」

俺はすぐに忘れる。陣野は、本当に一人っきりだってことを。

俺には実体験がないから、想像するしかできないから、その孤独の深さが理解しきれなくて、知らずに陣野を傷つける。

「俺、もしかして……かなりひどいやつ？」

陣野にとって特別な人間は俺だけで――決して、スケベ根性からだけで言ってるんじゃなくて、純粋に誕生日を祝うのを楽しみにしてたんだとしたら、『無理』の一言で拒否しちゃった俺は、ずいぶんと冷淡なやつじゃないか。

「やー、べつに、折れろとか言ってるわけじゃないから」

斎木は残りの抹茶アイスを口に放り込み、惜しむように味わってから、言葉を続ける。

「陣野だって、うんうん、ってうなずいてくれるだけの相手がいいなら、最初から三森を選んだりしなかったんだからさ。三森が家族のことも放り出して、陣野のことだけ考えて、おとなしく囲われてるだけになったら、それはもう陣野が惚れた三森じゃないんだし――ねえ、それ、食わねーの？」

真剣な話の最中だというのに、妙に色っぽい流し目は、いっこうに減らない俺のみたらし団子に注がれている。

「あ……、よかったらどうぞ」

言い終える前に、ひょいと伸びてきたしなやかな指が、最後の一本を引ったくる。

「サンキュー、もーらい。やー、いい子だよな三森って。いい子ついでに、誕生日、せめて夜だけでも陣野のところに帰ってやってくれないかな。残り一時間しかなくてもいいからさ。これ、俺からのお願い」

「うーん、親父の反応いかんかな。人情家だから、陣野さんには家族がいなくて、初めて誰かの誕生日を祝えるのを楽しみにしてるとか、って言えば……。あ、でも、そーゆー事情、バラしたらマズくない？」

「ああ、れんれんかまわないって……んぐんぐ……」

串にみっつ並んだ団子を一気に引き抜いて頰張ると、ろくに咀嚼（そしゃく）もしないで緑茶で流し込み、斎木はぷはーっと満足げな息をつく。

「だいたい、やっこさん、父親がいないってことだってまったく隠してないし。逆に、そーゆー境遇の中でのし上がってきた男ってあたりが、あいつの売りなんだから。言っちゃってもいいよ。めいっぱい家族運のない不幸な男なのに、心はメッチャ優しいんだ――って、誰が優しいって、自分で言ってて口が腐りそう」

うわー、と斎木はマジで口を押さえる。

「もー、斎木さーん、本気で考えてる？」

「いや、考えてる考えてる。で、誕生日は夜だけで我慢してもらって、そのぶん、他のイベントを強調しておく」

「他の……って？」

「三森ちゃん、それでも恋する男の子？　三月には、恋人達のためと銘打（めいう）ちながら、商売根性逞（たくま）しい業界のための、ありがたーいイベントがあるじゃん。ホワイトデーってやつがさ。ウチでも毎年フェアをやるんだぜ」

昨今の女達は義理チョコのお返しにさえ、マシュマロだのキャンディーだのではなく、きっちりと物を要求するから、『ジュエリー陣野』もご多分に漏れず哀れな男達を餌食にするために、ホワイトジュエリーフェアを開催すると聞いた。

「いつも営業時間を大幅に延長して、がんがん働いてもらってるけど。男の客が多くなるせいか、陣野のやつ、ブーたれてばっかりでさ。今年は特別に早引けさせてやるよ」

言いつつウインクを送ってよこすと、斎木はまだ食べたりないのか、通りがかった和服にエプロン姿の女給さんを呼び止めた。

「あのぉ……、今日のぶんは俺の自腹なんですけどぉ」

小声で訴えてみるが、俺の懐具合なんて考えもしない底なし胃袋の持ち主は、相談料だから奢りだよな、と念を押して、さらに三品の追加オーダーをしてくれたんだ。


さすが、神様仏様斎木様。

陣野のことなら誰より知り尽くしている男——そのあたりが、ちょっと妬けちゃう部分でもあるけど、斎木の提案で、陣野はようよう機嫌を直してくれたんだ。

例年ホワイトデーの帰宅は深夜になっていたとのことで、せっかくのお楽しみも無理だとあきらめていただけに、早引けのご褒美がついたのだと教えてやった瞬間、ぐずぐずと拗ねていた顔を久々に輝かせた。

その場で思考はラブラブホワイトデーへとダイブしたらしく、誕生日も夜には帰ってくるからとなだめすかすと、しかたないな、と苦笑を返してくれた。

——そして、三月三日。俺の誕生日。

夕食を終えるまで実家ですごしてから、三森家の味をちょっとだけ持ち帰ってきた。

特大のホールのケーキから、陣野と俺のぶんだけの、薄っぺらいふた切れを。

ダイニングテーブルでは距離感があるからと、ローテーブルに今朝方作っておいたご馳走(ちそう)を、所狭しと並べて、二人でソファに腰掛ける。

「ふうん……、これが三森家のケーキか」

陣野は何やら感慨深そうに、皿に載った我が家のケーキを観察してる。

「味はあんまり保証しないよ。本当にありふれた近所のケーキ屋さんのだから」

「いや、このほうがいいよ。どうせホールで買ってきたって二人じゃ食べきれないんだし」

「そっか、よかった。いっしょに作ろう、とか言い出したらどーしようかと思ってた。でもって、女体(にょたい)盛りじゃないけど、きみの身体にもデコレーションしてあげようとか……」

腐れた頭の中にはどうせそんな妄想が渦巻(うずま)いているのだろうと思っていたのに、陣野は驚いたように目を丸くした。

「女体盛り……って、けっこう過激なこと言うね。私にはそんな趣味はないけど、それってリクエストなのかな？　うーん、ちょっと困るかも」

「じょ、冗談っ！　リクエストなんかしてないってー！」

俺は持っていたフォークをぶんぶんと振って、訂正する。

けど、意外だった。真珠プレイまでした男が、女体盛りの発想がまるでなかったなんて。

もしかして俺、けっこう陣野を誤解してたかも――と殊勝にも反省なんかしたんだけど。

「せっかくのきみの味を、甘ったるいクリームで消してしまうなんて、そんなもったいないことできるものか。よけいなコーティングなしの素材のままの味が、最高なのに」

力一杯のご意見をいただいて、俺はガクリとうなだれた。

あー、そうっすか。素材のままの味ね。

なんか、ぜんぜん反省の必要なかったわ。

「三森家のケーキを味わう前に、まずは乾杯だね」

すっかりご機嫌の陣野が、ポンとコルクが抜ける軽快な音とともにシャンパンを開ける。

黄金に輝く液体をフルートグラスに注いで、俺に手渡してくれる。

「誕生日おめでとう」

「ありがとう。でも、ごめんね、夕食いっしょにとれなくて」

「いいんだよ。ホワイトデーのお楽しみが増えたから。二人っきりですごせるんだろう？」

「当たり前。さすがに家族で祝う日じゃないもん。あ、ホワイトデーの本命となれば、倍返しだからね」

「え？　倍返し、していいのかい？　それは楽しみだ。言質はとったよ。しっかりといつもの倍はやらせてもらうからね」

たっぷり下心を含んだ低音で、ひっそりと耳元に囁かれて、心臓がばくんと高鳴った。

「や、そっちのお返しじゃなくて……。俺、マシュマロかキャンディーでけっこうなんだけど」

「ん？　何かな、それは？」

「だから、チョコレートのお礼にくれるもの」

「いやだな。ホワイトデーは男からのお返しなんだろう。白いものといったら、あれしかない。それも、本命チョコの相手に返すものとなれば」

「……はい？」

あれ、って、なんですか？　男の白いものって？

も、もしかして、興奮マックス状態の男性器からほとばしり出る、あの白い体液のこととか？

「倍返しだったね。ふふ、困ったなぁ、そんなに出るかな。でも、頑張るよ、きみのためなら」

「あ、あのぉ……」

ちょっと旦那様、その認識は本気、それともジョーク？

俺だって、ホワイトデーの由来なんて知らない。知らないけど、あれってバレンタインデーで味をしめた菓子メーカーが、勝手にでっち上げたもんじゃないの。

だとしたら、かりにも食い物をあつかう業界が、いくら文字どおりめでたく結ばれた恋人達を結ぶ赤い糸ならぬ白い糸であろうと、あんなもんをイメージしたりはしないと思うぞ。

「今夜もきみにたっぷりプレゼントしなきゃいけないし。ちゃんと再生できるかな、十日ほどのあいだに」

いや、それに関しては、俺、ぜんぜん心配してない。一晩眠れば、立派に生産を再開するよ、あんたの精子工場は……って、待て待て、問題はそんなことじゃない。

すっかり夢に浸っている陣野の、夢だけではすまない、本気の部分だ。

「バレンタインデーにきみが作ってくれたムースの味は、忘れないよ」

「ああ……、あれね」

まだ偽装夫婦だと思っていたあのころでさえ、うんざりするほど濃厚な愛撫をもらったっけ。執拗に奥の奥まで嘗められて、とろとろのチョコレート状態にされた俺は、とろけたチョコレートは冷えれば固まるの法則にのっとって、翌日、腰のあたりを中心に見事に固まってしまい、ベッドから起き上がることもできなかった。

「料理など私には無理だが……精一杯頑張って、最高のお返しをするよ」

普段でさえ呆れるほど精力的なのに、どうしてそれ以上に濃厚なサービスができるのか、常々疑問だったんだけど、そんなことよりも今は真剣に悩むぞ。

イベントのたびに、あれをやられるのか、あれを？

「三月には、まだ春分の日もあるし、色々と楽しみだ」

いや、春分の日ってのは、昼と夜がほぼ同じ時間になる春の彼岸の中日で、ぼた餅を食ったりするし、祝日にはなっているけど、決して恋人同士がイチャイチャする日じゃない。

ないけど、この調子じゃ、建国記念日とか敬老の日とかまで、勝手に二人のイベントにしちゃうのかもしれない。

となると、一年で最長となるイベント、ゴールデンウィークはどんなことになるんだ。

いや、そのあいだは、仕事に追われているはずで、俺にかまっている暇などないはず。人々が群れて街にくり出す休日ほど、忙しいのが宝飾業界。

だけど、こいつにそんな常識が通用するだろうか。

「——でも、今夜はまず、きみの誕生日を祝おう」

先々のことをあれこれ想像しつつ、本気で我が身を心配した俺だったが、シャンパングラスを掲げる旦那様の嬉しそうな顔を見ると、ま……いいか、って気になってしまう。

なんだかんだ言って、俺だって陣野に愛されるのがいやなわけじゃないんだからと、グラスを合わせる。

「私の花嫁が生まれてきた日に、乾杯」

二人の愛を祝うベルのように、カチンと心地よい音が部屋に響いた。

ミオと陣野のショート・ショート集

官能のホワイトデー
古城の夜
リクエストはセックス券
制服記念日
赤ちゃんがきた日

官能のホワイトデー

初春の朝陽が、遮光カーテンの隙間から淡い光を投げかけてくる。

ブランケットの中に自分以外の人間の体温を感じながら、俺は目を覚ます。

——ああ、もう少しこの腕の中で微睡(まどろ)んでいたいな。

後ろ髪を引かれながらも、主夫の務めをおろそかにしてはいけないと、隣に寝ている男を起こさないように、そっとベッドから抜け出す。クロゼットを開いて、今日にふさわしい服装はなんだろう、と考える。

「……やっぱ、白でまとめるか」

今日は旦那様へのサービスデーだからと、自分のより二回りは大きいカッターシャツを取り出して、素肌に羽織りながらリビングに向かう。

カーテンを開ければ、ペントハウスのベランダから代官山のお洒落な街並みが、一望できる。分不相応なこの二十五階建てのマンションに住むようになって、二カ月あまり。表向きはハウスキーパーとして——その実、この部屋の主、陣野一臣の妻として。

三森ミオなんて、やたらと女っぽい名前だけど、れっきとした成人男子の俺がだ。

きっかけは、俺が勤めているなんでも屋『猫の手商会』に舞い込んできた、逃げた花嫁の身代わりなる珍妙な仕事だった。

依頼人である花婿が、六本木に店を構える宝飾専門店『ジュエリー陣野』のオーナーの陣野だったのだが、三千個ものダイヤモンドを散りばめた超ゴージャスなウエディングドレスを着て、式を挙げるだけだと思っていた仕事は、なんと初夜というオプションつきで――俺はウエディングドレスを着たまま、情けなくもバックヴァージンを奪われてしまった。そんな身体から始まった関係が、いつの間にか本気の恋に発展、今はラブラブな毎日を送っている。

そして今日は三月十四日、ホワイトデー。

義理でも倍返しは当然の昨今、新婚生活のまっ最中ともなれば、とびきりのお返しがくるだろうことは想像に難くない。

てか、本人がぬけぬけと言ったんだよ。

『ホワイトデーは男からのお返しなんだろう。白いものといったら、あれしかない』

なんて、下半身男の腐れ頭には、あまりにふさわしすぎることを。

ホワイトデーのホワイトを精液に譬える男なんて、日本中探しても陣野しかいないんじゃないかと思うよ、俺は。

「さて、それじゃあ、朝から白尽くしにしてやるか」

バレンタインデーチョコのお返しには、キャンディーやマシュマロだけじゃなく、もちろん陣野の言うような珍妙なものでもなく、相手に対する気持ちだってことを教えてやるために、俺は冷蔵庫を開ける。まずは、とっておきの朝食を用意しよう。

メインは茹でた白ソーセージ。それにホワイトアスパラに、マッシュポテトを添える。

スープはカリフラワーたっぷりのクリームチャウダー。アニメの『アルプスの少女ハイジ』で有名になった、ふんわりもちもちの白パン。テーブルにもまっ白なクロスをかけて、食卓を整えていると、ようやくお目覚めの陣野が、ベスト姿も粋(いき)にネクタイを締めながら現れた。

「おはよう、ハニー。いい匂いだね」

いきなり甘々だな、と思いつつ、身長一八五センチの陣野を相手に爪先立ちして、しっかり舌まで絡んだ濃厚なモーニングキスを受ける。

ぴしりと撫で上げた髪から漂う整髪料の香りにうっとりして、このままではきりがないと、自分から唇を離す。ちょっと残念そうに太い眉を寄せながら、陣野は柔らかな湯気を立てるテーブルへと視線を流す。

「きれいだね。ホワイトデー仕様なのかな？」

「うん。気に入った？」

「ああ、とても。でも、いちばん美味しそうなのはきみだよ、ミオ。朝っぱらからこんななやましい姿で私を誘うなんて、いけない奥さんだね」

俺が着てるシャツは、むろん陣野のものだ。義理チョコをもらった男達がお返しを買いに走る今日は、『ジュエリー陣野』も大忙しのはずだから、やる気をあげようと思ったんだけど、ちょっとサービスしすぎだったかな。めいっぱい煽っちゃったみたい。

「もしかして、メインディッシュはきみかな？」

シャツの背を這い下りていた悪戯な手が、尻にたどりついて揉み立てはじめる。

「俺、料理が冷めるのはいやなんだけど」

にっこり笑いながら言外に脅してやると、陣野の手が渋々という感じで、離れていく。

「わかってるよ。私だって、きみの心のこもった手料理を無駄にする気はない。――しかたない。きみはメインディッシュじゃなく、デザートにするよ」

やっぱり最後には俺を食うつもりの男と、テーブルを挟み、ともあれ、ホワイトデースペシャルの朝食をとる。

「なるほど、ヴァイスヴルストか。考えたね」

白ソーセージをわざわざドイツ語で言うと、陣野は見かけだけは紳士然とした上品な仕草で、カトラリーを操って、口に運ぶ。

「食べたことあるんだ？」

「ああ。仕事でドイツに行ったときにね。朝食には定番のメニューだから。でも、本場のよりずっと美味しいよ」

「残念ながら、輸入品を茹でただけだよ。真空パックでも、確実に味は落ちてると思うけど」

「いいや、美味しいよ。きみがそばにいるんだから」

何気なく送られたセリフに、俺は頬張っていた白パンを喉に詰まらせそうになった。

「特別な日に、こうして愛するきみといっしょに朝食をとることができる――こんな幸せなことはないよ」

わざとらしいほど甘くてキザなセリフは、でも、紛れもなく陣野の本心なのだ。

憎悪だけを糧にして、『ジュエリー陣野』を一流と呼ばれる宝飾店にした男は、誰より満たされているように見えながら、もうずっと何もない虚無の中で生きてきた。

自分が孤独だということにさえ気づかないほどに、深い闇。

こうして幸せいっぱいの蜜月の中にいてさえも、ときおりかいま見える陣野の過去が、俺をやるせなくさせる。なのに、そのあいだも陣野の長い脚は、テーブルの下で俺の脚に絡んで、素肌を撫でつけている。

——これだからなぁ。

懊悩がないわけじゃないのに、愛情イコールセックスの短絡思考のせいで、変態にしか見えないのは、この男のマイナスポイントだ。ルックス・名声・財力と三拍子揃った、非の打ちどころのない旦那様なのに。

その上、食事が終われば、出勤前にもかかわらず、後片づけだって手伝ってくれる。

もっとも、それには他の理由もあるんだけど。

「デザートもまだなのに、片づけるのかい？」

シンクに向かう俺の背後から問いかけてくる男の手が、スポンジごと俺の手をつかむ。

もう一方の手は俺の胸元へと回され、淫靡な動きを開始する。昨夜の余韻を残した肌が、布越しのもどかしい感触にさえ応えて、ざわざわと粟立っていく。

「仕事に行かないと、遅れるよ」

「でも、こんな美味しそうなデザートを味わわずには、行けないよ」

耳朶を嘗めるように囁きながら、シャツの胸元にかすかに浮き出た小さな尖りを、骨太のくせに器用に動く指が、摘んだり押し潰したりして、くすぐったい愛撫でもって俺を官能の中へと引き込んでいく。

「ダメ……皿を落としちゃう……」

俺のささやかな抵抗を封じるために、皿とスポンジを奪ってシンクの中に置くと、新たな目標に向かって視界から消えた陣野の手は、シャツをまくり上げながら俺の尻を撫ではじめる。

「ひゃっ……？」

洗剤の泡の滑りをまとった太い指が、下着の中へと潜り込んできて、乳首への悪戯でひっそりと開きかけていた窄まりへと、押し入ってくる。

ひんやりした感触に驚いて収縮した内部が、まるで食むように陣野の指を締めつける。慣れ親しんだ異物感の中にある快感を、目ざとく見つけ出したそこは、すぐに妖しくうねりはじめる。

「ほら、きみだって欲しがってる」

「違っ……ああっ……」

「違わないよ。ほら、前だって、欲しい、って挙手してるじゃないか」

視線を下げると、触られたわけでもないのに、頭をもたげはじめた性器が、シャツの前を押し上げているのが見える。ついでに小さな染みまであるけど、あれは水滴がこぼれたのか、それとも先走りの雫なのか。

「あ……、嘘……」

いくらなんでも敏感すぎると思うけど、前戯はすでに食事中にたっぷりされていたのだ。

視線と、言葉と、脚の産毛を撫でさする感触で。

俺の意志より陣野の愛撫に従順な身体が、じわじわと火照(ほて)って、肌は汗でうっすらと潤んでくる。もっと強い刺激を欲して、内部までもが蠢(うごめ)いているのがわかる。摩擦熱で濡れそぼった粘膜が、くちゅくちゅと淫猥(いんわい)な音を立てはじめる。

「ああ、やっぱり食べたいんだね。きみの下のお口は、たっぷりミルク入りのデザートを」

ずるっ、と淫靡な音を立てて指を引き抜かれたとたん、陣野の体温と質感を失った場所がひどく寂しくなって、知らぬ間に俺はシンクに両手をつき、尻を差し出す体勢をとっていた。

「私の花嫁は、最高のストリッパーでもあるんだね。そんなふうに誘うなんて、いけない子だ」

ジーッとファスナーを下ろす音が、陣野の舌にねぶられている耳朶に響いたと思うと、すでに硬度を増していた性器が——俺のものとは形も太さも堅さも違いすぎるものが、やわらいだ襞(ひだ)に触れてくる。その熱を感じたと同時に、俺は、ごくりと喉を鳴らしていた。

「欲しいのかい？　もっと太いデザートが」

耳元に囁きかけてくる妖しい誘い。

意地悪な男は、俺から望まなければ、欲しいものはくれないつもりらしい。

「う、うん……。欲しい……もっと太いの……」

「お腹いっぱいにしてほしい？」

「して……、早くっ……！」

己の存在を誇示した熱い切っ先が、入り口の襞を広げ、とろけた粘膜を押し開きながら、じりじりと侵入を開始する。

「あっ、あっ……くるっ……！」

「ほら、どんどん呑み込んでくよ。食事を終えたばかりなのに、本当に貪欲な花嫁だね」

からかうように緩慢に蠢いていたそれが、ぶわっと質量を増しながら、最奥までの隘路を一気に満たす。

「……ッ……、ああっ――……！」

ああ、なんて淫らなんだ、俺は。

光がいっぱいに満ちたキッチンで、太腿に下着を絡ませたみっともない姿で、もっとと腰をくねらせてるなんて。

「ふ……。ソーセージなんかより、このほうがずっと好きなんだろう？　いつかドイツで本物のヴァイスヴルストを食べさせてあげよう。――でも、今はこれをたっぷりと味わうといい」

何気なく語られたドイツの話には、陣野自身でさえ忘れていたとんでもない秘密が隠されていたんだけど、俺がそれを知るのはもう少しあとのこと。

甘やかな官能に満ちたホワイトデーは、まだ始まったばかり。

古城の夜

ここは、ライン川沿いに建つ、古城ホテルの一室。

豪華絢爛(けんらん)なバロックの香り漂うインテリアの中、ひときわヨーロピアンな趣(おもむき)の天蓋(てんがい)つきのベッドに横たわった俺、三森ミオは、愛しい旦那様の陣野一臣を見上げている。

俺にとっては初めての海外旅行。一週間のハネムーン。

とろけるように濃厚で甘く優しい夜……のはずだったのに。

「ちょ、ちょっと……だから、なんで俺がこんなカッコウしなきゃならないんだよ？」

食事を終えて部屋に戻ってくるなりベッドに放り出された俺は、激しく欲求不満の旦那様に速攻で剝かれ、なんとなく見覚えのある衣装——コルセットとペチコートもどきのものを着せられてしまったんだ。

いったい、これは何……？

驚いているあいだに、陣野自身も着替えを始めていた。やたらと丈の長いシャツの裾を、前をボタンで留めるだけの、なんとも危うい形のズボンの中に押し込んでいる。

「えーと、何……それ？」

俺もずいぶんなカッコウをさせられてるんだけど、それよりも陣野のズボンの布を重ねただけのあまりにオープンな股間が気になって、思わず訊いてしまった。

「ああ、これはブライズという中世の衣服だよ。当時はこうやって長いシャツの裾で股を覆って、下着代わりにしていたんだとか。――今でもワイシャツの前と後ろが垂れているのは、その名残なんだそうだ」

「え？　シャツの裾が下着代わり……？」

「ついでに女性も、ドレスの下はペチコートだけで、下穿きはつけていなかったらしい。少なくとも十六世紀くらいまでのお姫様達は、なんとノーパンだったんだよ」

そりゃあ楽しそうに説明しながら、陣野は俺の下半身を覆う布の中に手を差し込んで、剝き出しの太腿をぞろりと撫でる。

ノーパン……いいのかそれで、中世の方々。

けど、日本だって、着物の下は腰巻きだけだっけ。

どっちにしてもペラとめくれば、すっぽんぽん。今の俺のようにやられ放題ってことで、それはとっても気持ちがいい……じゃなくて、危ないんじゃないか。

「あの、俺が着てるこれって、古城ホテルだから、中世のパジャマとか用意してあるのかと思ったんだけど……もしかして、違う？」

恐る恐る問いかけると、陣野はそりゃあ嬉しそうに、にっこり笑って言ったんだ。

「そう。それは当時のお姫様の下着――ランジェリーだよ」

ああ……こんなときだけ予感的中。

「パジャマというのは、ずいぶんあとになってできたものなのだよ」

ひどくだらしないカッコウのまま蘊蓄を垂れはじめた陣野だが、このルックスだと、ラフというくくりに入ってしまうのが、また狡い。

「中世くらいまでは、普段着のままとか、裸で寝ていたらしい。お姫様なら、下着姿でというところだろうか。——なんとも、昔の人は大らかでいいねえ。で、このブライズは、脱がずに、必要なときは前開きの部分から、こうやって……」

右手で俺の股間をなぶりながら、左手で自らの前を開き、陣野はむっくりと頭をもたげたものを引き出した。

ああ、そうか、そうですか。すごーくお勉強になった。なったから、そんな下着と呼ぶには珍妙すぎるカッコウで伸しかかってくるのは、やめてくれ！

「さあ、麗しいミオ姫よ。今夜、おまえは俺のものとなるのだ。それもすべて、自治権を得んがために農地の耕作にばかり力を入れた、お父上の無策が招いた結果。ここ数年続く干ばつで領土は荒れ放題、疫病と飢饉で民の生活は明日をも知れぬ」

その上、なんでいきなり古風な口調で、領主コスプレには似合うものの、ちんぷんかんぷんなことを言い出すんだ？

「それに引き替え、俺の国は東方との交易で潤い、領民も豊かな生活を享受している。姫が俺の妻になった以上、義理の父君に救いの手を差し伸べないわけにもいくまい」

ふふ、といやらしい笑みを浮かべ、ペチコートの中の手を大胆に動かしはじめる。

あっそ、そーゆー設定なのね。

俺はビンボーな国のお姫様で、あんたは豊かな国の強欲エロ領主ってわけだ。でもってお姫様は、干ばつに喘ぐ領民のために泣く泣く嫁いできたわけね。

「さて、私の花嫁は、このペチコートの下に何を隠しているのかな？」

衣擦れ（きぬず）の音とともに幾重にも重なった布がまくり上げられてしまえば、そこにはあまりに無防備な下半身がある。部屋に満ちる夜気と、男の熱い吐息が直に感じやすい部分に触れて、ぞくりと肌が粟立った。

「……あ……」

「ふ……。感じやすい姫だ。処女だというのに」

のりのりになった領主様の舌が、ざらりと俺の性器に絡まってくる。残念ながら、処女どころかすっかり開発されてしまった身体は、石造りの城での奇妙奇天烈なプレイにさえ感じて、温度を上げていく。

でも、せっかくのハネムーン最初の夜に、なぜにお姫様&領主プレイ？

「あのさ、新婚旅行なのに、ゴッコはやめない？　今までのあれこれは婚前交渉で、これが本当の……しょ、初夜なんだし」

普段なら口にも出したくない言葉を列挙して、陣野の煩悩をくすぐり、なんとか普通に愛しあう方向へ持っていこうとしたんだけど、悪戯を続ける旦那様は面（つら）の皮一枚の優しさとは裏腹に、にべもなく言い放った。

「いいや、違う。ハネムーン最初の夜は、昨夜だよ」

ああー、そうなんだけどぉ。

「私だって、そりゃあ色々計画は立ててたんだ。契約を盾に強引にきみのヴァージンを奪ってしまったから、ハネムーンの最初の夜には、思いきり優しく初夜のやり直しをしようとね。そう、きみのここを……」

ペチコートの中で蠢く指が、お仕置きとばかりに、まだろくに濡らしてもいない窄まりの中へ、つぷっと入り込んでくる。

「……んん、ッ……！」

「うんとたっぷり嘗めて、とろかして、濡らして……初めてのときに痛がらせたり出血させてしまったぶんを、償おうと思っていたんだよ」

言いつつ、脆い部分を暴きながらやわやわと動かされれば、自然に俺の腰も揺れる。

「そして二晩目は、宿泊先が古城ホテルだから、私好みの楽しいプレイをさせてもらおうかなと。なのにきみ、昨夜は私を放って、朝までぐっすりお休みだったね」

ああ、怒ってる、こいつ。口調はわざとらしいほど丁寧だし、三日月型に細めた両目にもお愛想笑いを浮かべてるけど、メチャクチャ怒ってる。

確かに、ハネムーン最初の夜に、旦那様を放って寝こけちゃった俺も悪かったけど、いきなりこんなプレイはないんじゃない。

「だ、だから、それは、時差ボケだったし、お初のドイツ観光で疲れてたし、そこにワインなんか飲んじゃったから……軽く酩酊状態になっちゃってぇ……」

「私も今はどっぷり酩酊状態だよ。ワインではなく、きみの淫らな姿に酔っている」

俺的には、優しい旦那様との初夜のやり直しを希望なんだけど。すっかり領主気分の陣野は、俺の股間を熱っぽい目で見つめてくる。

「おや、どうしたことだ？　こんなにとろとろに濡らして。もしや我が花嫁は、すでに男を知っているとでも？」

「あ……違っ……」

「そうかな？　では、指ではなく、もっと太いもので試してみよう」

お決まりのセリフを吐きつつ、くちゅっと指を引き抜くと、ろくにほぐされてもいないそこに臨戦態勢に入った鎌首を沈めてくる。

「……く……、ううっ……！」

一瞬の異物感は、でも、すぐに覚え知った官能にすり替わってしまう。

ほんの少し指先でほぐされただけのそこは、お初の海外エッチと中世の古城というエッセンスのおかげか、ひどく感じやすくなっている。無理やり先端を押し込まれたというのに、奥の空隙（くうげき）が寂しいとばかりに粘膜が蠢いているのが、わかる。

「あ、ああ……」

「おお、なんと可愛い声を出しおって。やはり男を知っているな。この俺の花嫁が処女ではないなどと、許せぬ。純潔な花嫁だと思えばこそ、優しくしてやろうとも思っていたが、散々他の男を呑み込んだとあらば、気遣いなど必要ないな」

にっ、と獰猛に口角を歪めると、はなから気遣いなどしたことのない男は、遠慮もなく俺の両足首をつかんで持ち上げる。自然と腰まで浮き上がり、あまりに不安定な体勢に、俺は必死でシーツをつかむ。

「さあ、我が剣を、深々と突き立ててやろう」

大きく脚を割り開かれ、何重ものペチコートがふわりと胸元に降りかかってくるけど、股間がどんな有様になっているかまでは見えない。でも、見えなくてもわかる。

たらたらと蜜を垂らし、押し当てられた塊を呑み込もうと、あさましく柔襞が蠕動している様まで伝わってきてしまう。

ぐちっ、と鈍い音がして、無様な痴態をさらしている場所へと巨大な質量が沈み込んでくる。

粘膜をこそぎ落とす勢いで一息に最奥へと達した熱と充溢感に、俺は目を瞠る。

「……ヒッ……、ああっ——……!」

中枢に与えられた衝撃が産毛を逆立てながら瞬時に末端へと走っていった先で、ぶるっと足の指までも震わせる。大きく反らした喉の中で、悲鳴さえ嗄れる。いきなり内部を満たした異物を押し返そうとするかのように、下腹部の筋肉がぎゅっと収縮する。

「くっ！　よいぞ。実によく締まる……」

夫のものを食いちぎる気か、と今や完璧に傲慢領主になりきった男が、狭いそこをこじ開けるように、まだ滑りの悪い粘膜を巻きつけたまま腰を回しては、激しく前後させる。

「やっ……、あっ、あっ……！」

ぐちぐち、と耳に届くあさましい音。涙の膜越しに見える、揺れるペチコート。

その向こうで、荒い息を放ちながら繋がった部分を楽しげに凝視している男の視線が、俺を羞恥の淵（ふち）へと突き落としていく。

「ああ……いいぞ、姫よ。なんと好きものの穴だ。これでは心配で目も離せぬわ」

「んっ、んんっ……」

姫あつかいが悔しくて、唇を噛んで漏れる声を耐えれば、その態度が可愛くないと言わんばかりに、ずんと激しく最奥を抉（えぐ）られる。

「……ッ……、ああっ……！」

大きく開いた胸元に汗を滴（したた）らせながら凶暴な前後動を続ける領主気分の男が、何かを思いついたように、くっと喉奥で笑う
「おお、そうだ。姫に似合いの貞操帯を作ってやろう。俺のコックと寸分違わぬ張り形のついたものを。むろん、興奮状態のものだぞ」

もちろんそれは単なる言葉責めなんだけど、古風な部屋や衣装のせいか、錠つきの貞操帯をつけられて領主の帰りを待つお姫様の自分が妙にリアルに想像できてしまって、思わず知らず拒否の言葉が口をついて出てしまう。

「やあっ、そんな……」

「いやも何もない。おまえは常にそれをつけるのだ。寝ているときも、食事のときも。特に俺が留守にするあいだは、ずっとだ」

あまりに卑猥(ひわい)な物言いに、俺はすっかり震えおののくお姫様の気分。

ああ、せっかくのハネムーンに、なぜこんな羞恥プレイ？

パニック状態に陥(おちい)りながらも、苦痛にも近い圧迫感のあとにくる官能を知り覚えた内部は、猛々しいものをもっと中へと誘い込むように、うねっている。

「おお、締まる……！　嬉しいか。そら、もっと咥えるがいい。これからは俺の放つ精は、すべておまえの身体で受け留めるのだ。夜も昼もなく、ここは濡れ続けるのだ」

「あ、あっ……、い、いやぁ――……！」

性奴のように穿(うが)たれる。

領主を受け入れる穴が乾くこともないほど、昼も夜も。

それは囚われの姫君の、哀しく、恥ずかしく、淫らな宿命。

けれど今は、羞恥と同じくらいに熱い想いが胸元から迫り上がってきて、俺を甘く泣かせる。

そうして、古城の夜は淫らに更けていくのだ。

リクエストはセックス券

夏は好きな季節だ。理由は単純明快。

俺、三森ミオは、秀才の兄貴と違って人並みに勉強嫌いの子供だったから、一カ月半ものあいだ、学校から解放される夏休みっていうすばらしいシステムが、大好きだったから。

二十三にもなった今も、夏になるとなんとなく心が浮き立つ。

さらに今年は、身代わり結婚なる珍妙な仕事から〝瓢箪から駒〟の展開でもって結ばれた旦那様、陣野一臣との蜜月の最中だから、嬉しくないはずがない。

その上、八月には最大のイベントが待っている。

「ねえ、誕生日のプレゼント、何がいい？」

バスルームでたっぷり後孔を愛撫されてベッドに入った俺は、官能に流され、会話すらままならなくなる前にと、問いかけた。

「八月十五日だよね。何かご希望は？」

宝飾専門店『ジュエリー陣野』のオーナーで、リッチを絵に描いたような陣野にとって、金で買えるようなものは意味がない。

「うーん、誕生日を喜ぶ歳じゃないけど。プレゼントなら、もちろん……」

「裸になってリボン結んだ俺、とかゆーのはダメだよ。肩叩き券ならぬ、セックス券の百枚つづりなんてのも、ダメ！」

逞しい胸にずっしりと伸しかかり、先回りのダメ出しをしてやったのに、陣野の顔はぐずぐずに脂下がっていく。

「いいね、それ。ああ……、さすがの私もセックス券百枚つづりは、考えなかった。キス券、フェラ券、青姦券、むろん四十八手はひと揃い。コスプレ券は十枚……いや、二十枚は欲しいところだな」

「あのさー、それって、普段やってることと、どう違うわけ？」

ゴッコ遊び大好き、コスプレ大好きの変態大王は、隙あらば妙なプレイを仕掛けてくる。セックス券があろうがなかろうが、やることに変わりはない。今だって会話を続けながらも、悪戯な手は、しっかり俺の尻をまさぐっている。

「ぜんぜん違う。きみの手作りチケットを切りながら、どれにしようかと考えるのが楽しいんじゃないか。今夜は大胆に駅弁スタイルにしようか？　ああ、もうコスプレ券が一枚しか残ってない！　来年は二百枚つづりにしてもらおう——でっ——…！」

煩悩の世界にトリップした男の頭に、俺は遠慮ない拳骨(げんこつ)を食らわせた。

「だからー、夢見てんじゃねーって！」

「ほらー、すぐそうやって怒るだろ。だから、きみがご機嫌斜めのときとか、ノリが悪いときに使うんだよ。ぜひとも煩悩券もプラスして……」

「しないっ！　ただでさえ妙なプレイが多くて、うんざりなのに。そんな倦怠期(けんたいき)の夫婦みたいなまね、絶対にイヤ！」

「ケチ……。言い出しっぺのくせに」

くすん、って三十歳になる日のプレゼントくらいのことで、泣きまねなんかするなよ。

ってーか、そのあいだも、ちゃんと指はクチュクチュって淫靡な音を立ててるじゃないか。

「とにかく、何か考えておいて。好きな食べ物とかでもいいよ。バースデーパーティー用に腕を振るってあげるから」

「パーティー、やるのかい？　夏はかき入れ時だし、私の誕生日ごときで、店を早仕舞いするわけにもいかないんだが」

「また、そーゆーこと言う。俺の誕生日はちゃんと祝ってくれたじゃん」

「そりゃあ当然だろう。愛する花嫁がこの世に生を受けた日なんだから、他の何をおいても優先するさ」

極上の声音をうっとりと響かせてくる男は、俺のことはこんなに大事にしてくれるのに、自分のこととなると、どうでもいいとばかりに放り出してしまう。

たぶん、その誕生が、誰にも望まれたものじゃなかったから。

実の父からは認知もされず、腹違いの兄からは存在そのものが罪だ、と辛辣(しんらつ)な言葉を投げつけられた。母親は、優しさとは無縁の人だったようだし……。

でも、だからこそ、俺はその日を祝う。

二人だけでと考えてたけど、みんなを招いて、びっくりパーティーにしようか。

斎木と亮はもちろん、正実兄貴とソラにも声をかけてみようか。ウォルフヴァルトの連中は、中欧から飛んでくるのは大変だけど、マクシミリアンにも連絡しよう。

「それに、私にとって、きみと出逢って以来、毎日が記念日なんだよ」

甘く囁きながら触れあった唇から、熱い想いとともに強靭な舌が滑り込んできて、俺の口腔内を官能で満たしていく。

毎日が記念日。

毎日が大事な日。

奇跡のように出逢って、こうして抱きあっている。

いっしょにすごす時間、すべてが大事で、すべてが宝物。

だから今夜も、と陣野はすっかりやわらいだ場所から、つぷりと指を引き抜いて、代わりに、すでにいっぱいの情熱を漲らせた猛りを押し当ててくる。

「あ……んっ……」

口づけのあいだから吐息が漏れ、身体は慣れ親しんだ快感を、勝手に追いはじめる。

張りきった切っ先を呑み込もうと、食むようにひくつく襞の動きすらわかってしまって、俺は知らぬまに肌を火照らせる。

「さあ、出逢って半年と十三日目の記念日を、たっぷりと楽しもう」

この大バカもん。毎日指折り数えてるのか、と呆れたのは一瞬のこと。すぐに押し入ってきたものの圧倒的な質量に追い上げられて、官能の波に呑み込まれてしまう。

「あっ、ああっ……！」

どうして飽きないのかと不思議になるほど、この快感は癖になる。これが妄想男のテクニックなんだろうか。それとも、陣野が言うように、俺が好きものなのか。

——セックス券、パソコンで作れるかな……？

ふと、マジでそんなことを思う。

陣野的には、どうやらミシン目で切りとれる、回数券のようなチケットを想定してるらしいが、ラベル制作ソフトとか使えば、作れないこともないだろう。

バカバカしいとは思うけど、陣野が欲しいと言うなら、それもありかもしれない。

俺が楽しむためじゃなく、旦那様を喜ばせるために。

プレゼントだと言って差し出したときの、嬉々として輝く陣野の顔を思い浮かべながら、今は、半年と十三日目の夜を祝うために、俺はゆるりと腰を揺らしはじめた。

制服記念日

今日の制服は、スタンダードな紺と白のセーラー服。

襟には二本ライン。胸には蝶々に結んだ、臙脂(えんじ)色のスカーフが躍っている。

両腕に抱え持った学生鞄(かばん)は、贅沢趣味のカレシが買ってくれたラルフローレン。

行先はプラネタリウムだと聞いたから、上を向くのを前提に、ちょっと鬱陶(うっとう)しい前髪の右サイドを捻(ひね)って、二本のヘアピンで留めて仕上げている。

厚底スクールローファーのおかげで、一七〇センチ以上ある身長がさらに六センチほども高くなってはいるけど、隣に座した男の、優に一八五センチはある長身には、まだまだ届かない。

ともあれ、イマドキの女子高生スタイルで、三つ揃いのスーツに身を包んだ三十男のカレシと、今日は楽しくリッチな援交デートなのだ。

――なんて、浮かれたシチュエーションの実況をしてる場合じゃない。

俺は女子高生でもない。それ以前に女じゃない。

三森ミオなんて、性別不明の名前に似合った女顔だけど、それでも股間には、さほど威張れる代物じゃないけど、男の証をつけたれっきとした二十三歳の成人男子だ。

なのに、どうしてこんなキャピキャピ女子高生ルックで、満天の星空ならぬ、人工の光点が広がる半円形の夜空を見上げてなきゃならないんだ。

隣を流し見れば、愛するカレシならぬ旦那様である陣野一臣の、オールバックの髪をぴしりと整えた凜々(りり)しい横顔がある。

コスプレ大好きの陣野に、いつもなし崩しに女装をさせられてもいるけど、俺自身には決して女になりたい願望があるわけじゃない。

なのに、馴染んだよなぁ、俺。

厚底ローファーはバランスがとりづらいな、とか思いつつも、衆目の中で男の腕にすがって歩くことにさえ、さほど羞恥を覚えなくなってしまった。

こうして偽物の星空を見上げている最中も、短すぎるスカートの中に忍んできた陣野の指は、薄い女物の下着越しに俺の感じやすい場所を遠慮もなくまさぐっているのに、憤死もせずにいられるのだから、慣れとは恐ろしいものだ。

それにしても、この野郎ぉ！

まだ残暑も厳しい中、スリーピースはさぞや暑かろうと思っていたのだが、今は膝の上にさりげなく置かれている背広は、痴漢行為の手を隠すための必須アイテムだったのだ。

穏やかな静けさに満ちた闇の中に、ナレーションの声が響く。

『秋の夜空には目立つ星座も少なく、どこか物悲しく感じるものです。そんな中で、東の空に見えるペガスス座の大きな四角形は、ひときわ目を引く存在です』

似たような暗がりとはいえ映画館より静かなせいか、下着の隙間から入り込んできた指が後孔をくすぐるクチュクチュと濡れた音が、やけに耳につく。

たぶんそれは、自分の内側から響いてくる音で、他の誰に聞こえるものでもないのに、こんな公共の場で淫らな行為にふけっていると思えば、否応なしに羞恥はつのっていく。

ウィークデーの昼間とあって、空いている席のほうが多い。カップルの姿が目につくのは、あくまでロマンティック気分に浸りたいからで、陣野的思考からではないと思いたい。ちらほらだが、子供の姿もなきにしもあらずなのだし。

「ねえ、どうだろう。何かハンカチでも落として、それを拾うふりをしながら、私のをしゃぶってくれないか？」

なのに、隣の男は周囲の状況などこれっぽっちも考えず、とんでもない提案をひっそりと耳打ちしてくるんだ。

で、できるかっ！　このうすらバカ！

それとも何か？　あんたはハンカチを拾う数秒の間にイッてしまえるほど、早漏なのか？

いいや、そんなはずはない。もしそうならば、俺は毎朝ベッドを抜け出すたびに、あててー、と怠い腰をさする必要などないはずだ。

思えば、昨夜もずいぶんしつこかった。

珍しくも一回だけで終わらせてくれたが、それでも前戯は妙に長かった。焦れるほどに緩慢な動きで中を掻き回されて、どうしてそんなに自制してるんだと不思議になったくらいだ。

そのせいか、今も身の内に何かを咥え込んでいるような感覚が残っている——と、そこまで考えて気がついた。

あの執拗で、やたらと長い愛撫は、今日の布石だったのだと。

昨夜の物足りなさのおかげで、痴漢デートのあいだに俺が自らねだるのを見越してのことだったのか。それどころか、前夜に交わされた会話から、すでにこいつは計画を練っていたのだ。

＊

「ねえ、これ何？」

昨日、掃除をしていた俺は、カレンダーにやたらと丸印がついているのを見つけた。

仕事を終えて帰宅した陣野に訊いてみたら、返ってきたのは珍妙な答えだった。

「ああ。それは、私ときみとの記念日だよ」

「記念日、って……？」

「そう。私の誕生日を祝ってくれたとき、きみがカレンダーに印をつけていただろう。あれを見て思いついたんだ。二人の記念日に印をつけておくと、楽しそうだなと」

「それは、同感だけど……」

大事な日はカレンダーに丸印をつけておくなんて、今さら気づくまでもなく、誰でも普通にやることじゃないか。少なくとも俺は、祝い事大好きな大家族の中で育ったせいか、ほとんど癖のようにやってしまう。

——でも、陣野はそうじゃないんだ。

仕事に関することなら、システム手帳にもパソコンのスケジュール表にも、きっちりメモってあるのに、自分のバースデーパーティーすら初めてやったという陣野にとって、家族の記念日という観念すらなかったのだろう。

「うん、そうだね。二人だけの記念日、たくさんあるもんね」

出逢ったころの陣野は、心のどこかが欠けていて、情に関することにひどくうとかった。

でも、俺と暮らすようになって、確実に変わってきている。

自分から記念日を大事にしようと思ってくれるだけでも、ずいぶんな進歩だ。

そう。本当に色々あった。

そもそもの出逢い――身代わりの花嫁の仕事を請け負った日。

陣野が俺の指にエンゲージリングをはめながら、プロポーズをしてくれた日。

それから、中欧の小国、ウォルフヴァルト大公国で、皆の祝福を受けて結婚式を挙げた日。

陣野を勝手にライバル視する九曜竜樹(くようりゅうじゅ)のせいで、記憶喪失にさせられたり、誘拐されたこともあった。あんまり思い出したくはないけど、それらを無事に切り抜けられた日も、やはり忘れちゃいけない。

陣野が長年の仇敵(きゅうてき)ともいえる腹違いの兄の黒沢清治(くろさわせいじ)さんと、表面上だけど手打ちをした日も、俺的にはけっこう大事だ。もっとも陣野は、怪訝(けげん)そうに眉を寄せて、なんでそんなことが記念日になるんだ？　ってマジで不思議がるだろうけど。

思いおこせば、陣野と知りあって九カ月あまり、記念日はありすぎるほどある。

「それにしても……印、多すぎない？」

カレンダーを繰ってみると、なぜか毎月同じ日に印がつけてある。

「それか。月命日とかってあるじゃないか。だったら、月記念日があってもいいかなと」

「いいわけないっ！」

とんでもないことを浮かれ顔で言い出した陣野の、きれいに撫でつけられた頭に、俺はゴンと拳骨をお見舞いした。

「もーっ！　縁起でもないことゆーなっ。せっかくの記念日を、なんで月命日といっしょくたに語るんだよ」

「いけなかったかな？」

まったく、この男は……。

六本木交差点近くに店を構えて六年半。緩慢に続く不況の北風はデフレモードに拍車をかけて、贅沢品でしかないジュエリー業界への打撃もはんぱではない。そんな中にあって、『ジュエリー陣野』は、奇跡のように業績を上げ続けている。

怖いもの知らずの陣野の商法が功を奏しているとはいえ、その根底には一般人の心をくすぐるだけのアイデアがあるわけで――そういう意味では、知識も常識も人並み以上にあるはずなのに、赤の他人を喜ばせる観点でならすばらしく的確に物事を判断できる頭は、自分を中心に据えると、とたんにちぐはぐなことを考え出す。

種の提供者と言いきる父親にはうとまれ、愛していた母親に虐待されて育った男は、人としてのまっとうな情を知らずに、この歳まできてしまった。

俺と出逢ってからも、本当に色々あった。自分の誕生日さえどうでもいいと投げ出していた男が、二人の記念日に丸をつけようと思いついただけでもたいした進歩なのだが、それでも月命日から発想するとは、やはりどこか感覚が変だ。

「……なんか、きみ、どんどん乱暴になってないかい？」

陣野が後頭部を撫でながら、恨みがましい視線を流してくる。

「そりゃあもう、バカ犬は殴って躾けるしかないって、最近、つくづくわかったからね」

「旦那様をバカ犬呼ばわりとは。やはりここはお仕置きの意味も込めて、制服記念日をやる必要がありそうだな」

「制服、記念日って……？」

なんですか、それ？

そのどこか不穏な感じの、響き。

「覚えてないのかい？　高校の制服姿で、デートをしたことがあったろう」

「ああ、そういえば……」

俺の高校時代の制服を着て、電車で痴漢ゴッコをしたことがあったっけ。

すさまじく波瀾万丈（はらんばんじょう）な九カ月だったもんだから、あの程度のことは些末すぎて、なんであんな流れになったのかも思い出せないくらいだ。

「あの日を記念して制服記念日を設（もう）けたのに、なかなか祝うことができなかったのだよ」

「誰が祝うか、そんな記念日っ！」

「ふっふっふー。忘れたかい。私には最強の切り札があることを」

「切り札……？」

「さあ、これをごらん。きみが私にくれたコスプレ券だ！」

わっはははー、と怪人二十面相のごとき高笑いさえ聞こえそうな勢いで、伝家の宝刀とばかりに陣野がポケットから取り出したのは、俺がバースデープレゼントにあげたセックス券のうちの一枚。使用期限一年の、コスプレ券だった。

＊

——まったく。うかつにあんなもの、作るもんじゃねーな。

そんなわけで俺は今、陣野曰くの、月命日ならぬ月制服記念日とかのおかげで、セーラー服姿でこんな目にあっているのだ。

初めて足を踏み入れたプラネタリウムで、寝そべるためにゆうゆうとリクライニングできる椅子が並んでいたのを見た瞬間、これはヤバイ！　と思ったものだ。

映画館でのお触りはすでに経験ずみだったが、やはり座っている状態でとなると、悪戯するにも限度がある。

だが、ここまで横たわってしまえば、隣から伸びてきた手は、股間だけでなく後孔にまで指を滑り込ませることができる。もちろんそれには、俺が尻を浮かすなりの協力をしなきゃならないわけだが。

昨夜、妙な感じに焦らされすぎたおかげで、いったん行為が始まれば、止まらなくなるのは俺のほうだ。

それにしても、公共の場でいかに人目をさけつつエッチな所業におよぶかに費(つい)やす陣野の情熱と努力は、本当にはんぱじゃない。とても感心できるものじゃないけど。

——記念日を祝いたいなんて、ずいぶん人間味が増してきたな。

などと感激した、俺の純情を返せ！

思いっきり怒鳴ってやりたいところだが、衆目の的になってしまうからと、ひたすら我慢の子で痴漢行為に耐えた俺は、そのあとに待っているさらなる羞恥プレイを、まだ知らずにいた。

陣野一臣、俺とのセックスに命をかけた男の、勝手に月記念日は、まだまだ続く。

赤ちゃんがきた日

一階のエントランスホールに常駐している警備員から呼び出しがあったとき、俺、三森ミオは、今夜は旦那様に何を食べてもらおうかと考えつつ、夕餉（ゆうげ）の支度にとりかかろうとしているところだった。

『生ものなので、すぐに取りにきて下さい』

厳重なセキュリティを誇るマンションだけあって、たとえ宅配業者であろうと見慣れない配達人だと、警備員から確認の連絡が入ることもある。こちらになんの断りもなく荷物だけを受けとってしまうなんて、珍しいこともあるものだ。

思いながら下りた先、警備員の言うところの生ものを見て、俺はしばし固まった。

「生もの……ってか、生きものじゃない、それって！」

「申しわけありません。見知らぬ女性から、陣野様へと押しつけられてしまったもので。放り出してあとを追うわけにもいかず、もたもたしているあいだに逃げられてしまいました」

「てゆーか、放り出されたら困るし」

なんとなく、こんな日がくるのではないかと覚悟していたせいか、俺はため息をつきつつも、籐籠に入った生もの……いや、黒目がちな瞳が愛らしい赤ん坊を受けとったのだ。

ともあれ、陣野に連絡して、重大事件だから早退してこいと伝える。

もちろん、思いっきり冷たい声で。

事件の匂いを嗅ぎつけた斎木朝人が、着替えにオムツ、ミルク、遊び道具、ベビーベッドまで、赤ちゃんグッズ一式を買い揃えてきてくれたんで、助かった。

「やっぱりいたか。よく今まで現れなかったと不思議なくらいだ」

ぬいぐるみを手にした斎木が、リビングに散らばった玩具で名無しの赤ん坊をあやしながら、面白そうに言う。

「うん。一人や二人、いるんじゃないかとは思ってたけど。……あ、その子、男の子だよ」

俺は、七分粥と潰したカボチャを混ぜながら、キッチンから声をかける。

「陣野の場合、一人いれば百人はいるぞ」

「そんな、ゴキブリじゃあるまいし」

「どっちも害虫だ」

はははー、と軽やかに響く斎木の笑い声をよそに、役立たずの父親は、ソファの隅っこに茫然と腰を下ろしたまま、絨毯の上を這い回る赤ん坊を横目で流し見ている。

まったく、その他人行儀な態度はなんだよ。

「乳歯がけっこう生えてるし、一歳くらいだと思うんだ。すったリンゴあげたら、ちゃんと食べたから、離乳食でもいいみたい」

俺には歳の離れた弟と妹がいるから、赤ん坊のあつかいには慣れている。

まずは無難に、カボチャ粥とほうれん草のペーストから、試してみることにした。

トレイに載せて運んでいくと、何か美味しそうなものが来た、とわかったのだろう。ちょこちょこと這い寄ってきた名無しちゃんが、斎木の身体に手をかけて、よじ登るようにしてうーんと立ち上がった。

「おお、偉い！　立っちもできるじゃないか」

「あ、食事のあいだ、俺が抱っこしてやるよ。けっこうおいただぞ、この子」

斎木が気を利かせて自分の膝の上に座らせてくれたから、これで動き回る心配はない。

スプーンにすくった粥を小さな口元に運んでやると、名無しちゃんは待ってましたとばかりに、ンマーと食べはじめた。お餅みたいにぷっくりした頬が、嬉しそうに揺れる。

「食欲旺盛だね。ほうれん草はどうかな？」

これもまた、美味しそうに食べてくれる。

斎木と二人で、やったねー、と歓声を上げているところへ、ボソリと響いた低い声。

「楽しそうだね。ところで、私の夕食は？」

「いきなり赤ん坊が現れて、作ってるヒマなんかあったと思う？　店屋物でもとって」

俺は振り返りもせずに、陣野の問いを、ばっさりと切って捨てる。

いくら大事な旦那様でも、俺だって怒ることくらいあるんだ。

「それより、この子の母親の心当たりは？」

一歳と少しくらいと仮定して、二年ほど前に付き合っていた女ということになるが。

陣野は、右手でオールバックの髪を掻きながら、左手で指折り数えはじめる。

五本目まで折ったところで、じっと虚空(こくう)に視線を飛ばす。相手が何人いたかどころか、顔すら思い出せないのだろうな。

「ダメだねえ、パパは」

パパ、と言ったとたん、三十男がビクッと身を引いたのが、目の端に映る。

ああ、むっちゃ楽しいぃー！

こんなに無様に怯えおののく陣野を見るのは、初めてじゃないだろうか。

俺と出逢うまでの陣野は、ただ一時の快楽を得るためだけに、うっかり赤ん坊を作ってしまうほどのことを平気でやっていたようで。いつかそのツケを払うことになるだろうとは思っていたし、いざとなれば子育てする覚悟くらいはできていた。

そうして、俺と斎木が、名無しちゃんをお風呂に入れたり、オムツを替えたり、寝かしつけたりしているあいだ、すっかり仲間外れにされた陣野は、カウンターの隅で出前の寿司をいじけた様子で食べていた。

世話になりっぱなしの斎木を見送り、一息ついた俺は、こきこきと首を鳴らしながらリビングに戻る。とたんに、デカイ図体の我が儘(まま)男に腕をつかまれて、ソファに押し倒されてしまった。

「ずいぶんな待遇の差じゃないか。きみは私より、あんな赤ん坊のほうが大切なのか？」

「うん」

思いっきりうなずいてやったら、大の男の頭が俺の胸へと撃沈した。

「そんな、きっぱりと……」

「当然。それから、赤ちゃんの前で不埒な行為は控えてね。情操教育によくないから」

「や……、ちょ、ちょっと待て！　それじゃあ、あの子がいるかぎり、おあずけ……？」

うん、とうなずく前に、唇を塞がれていた。

強引な愛撫の手が、もう一刻も待てないとばかりに俺のジーンズを脱がしにかかる。

夫婦生活に少々のスパイスは必要ってことで、いつも以上にぎんぎんに燃え盛る陣野の性器が、まだろくにほぐされてもいない俺の窄まりに押しつけられたとたん、定番のお約束とばかりに響いてきた、甲高い泣き声。

どうやら名無しちゃんは、夜泣きがひどいもよう。

お母さんのぬくもりが感じられなくて、不安なのかもしれない。

「ああ……」

もちろん俺は、陣野の心底から吐き出すような落胆のため息を背に聞きながら、るんるん気分で名無しちゃんをあやしにいったのだ。


それから、一週間ほどした朝のこと。

「……ごめんなさい。本当にごめんなさい！　私、もうどうしていいかわからなくなってて……、気がついたら、夢中で警備員さんに押しつけていたの」

顔も名前も不明だった名無しちゃんの母親が、平身低頭で迎えに現れた。

やはり陣野の過去の女だった。夫は単身赴任。近所付き合いもない新居での生活の中、孤独な子育てのあげくにノイローゼになって、数日でいいから赤ん坊の夜泣きから解放されたいと、ついつい昔の男に押しつけてしまったとのこと。

「どうせ、私の顔も名前も覚えちゃいないんでしょうね。一応、二週間くらいは付き合ったのに。でも、陣野なら、今だって女の二、三人はいるだろうから、この子を押しつけても、誰かが世話してくれるんじゃないかと思って……」

まっ赤に泣きはらした目。目の下にくっきり刻まれた隈。ろくに櫛も入っていないぼさぼさの髪。この一週間、ろくに眠っていないことを思わせる姿と、何より名無しちゃんが、きゃっきゃと笑って母親に両手を伸ばすので、許してやることにした。

すっかり気持ちが移ってしまったぶんだけ、母親に抱かれて去っていく名無しちゃんを見送るのは、つらかった。知らずに涙ぐんでると、陣野が俺の肩を抱き寄せてくれる。

「ほら、私は無実だったじゃないか。これでやっと、静かな日々が戻ってくるな」

寂しいどころか清々したとばかりの、言いざまだ。

決して、ほんわかとは言い難い家族ゴッコだった。

陣野の過去の悪行を思い知らされて、うんざりもしたけど。

――でも、ある日、本当に陣野の子供が現れたとしても、俺は絶対に驚かないぜ。

ルビーナイト～斎木と亮のクリスマスデート編～

「どうぞよろしく」

挨拶を交わし、握手をする。

何万回繰り返してきたか知れない、儀式。

上辺だけ、建前だけ、顔見知りになったということを確認するだけのもの。

次に繋がるか繋がらないかさえ定かにわからないそれは、いつも手のひらに汗ばんだ感触だけを残すものだった。

そこに込められているのは、日本でも五指に入る大手ディベロッパー『支倉(はせくら)都市開発』の会長、齢(よわい)七十七にしてなおかくしゃくとした支倉光三(こうぞう)の孫であるがゆえに寄せられる、望外な期待。

都心の中で皇居に次いで広大な緑に囲まれているホテルの、鳳凰(ほうおう)の間でのクリスマスイブパーティーともなれば、招待客は千人は下らない。そのすべてが、建設業界の重鎮(じゅうちん)である支倉翁(おう)の八人の孫の中でも後継者筆頭と目される、亮(りょう)との握手を望む。

(どうしてこう誰も彼も、ベタベタと媚びまくる?)

必要とされているのは支倉の名であって、亮という一介の二十二歳の大学生ではない。

愛想笑いの下に隠した相手の気持ちが手のひらから伝わってくるとき、それは粘つくような媚びた湿度となって、亮を憂鬱(ゆううつ)にさせた。

他人との関わりなど、この白々した温度差が表しているものがすべてだと、ずっとそう思っていた。

「ふう……」

小さくこぼしたため息を、隣にいた祖父が七十七とは思えぬ地獄耳で、聞きつける。

「あまり楽しゅうないと見えるな、亮よ」

「あ、いえ……」

「わしは七十年以上、このつまらん行事を我慢してきたんじゃ。たかが二十年かそこらで飽きてどうする」

狸爺(たぬきじじい)というより九尾(きゅうび)の狐(きつね)という表現が似合うだろうこの祖父は、亮がずっと抱いてきた焦燥(しょうそう)も諦観(ていかん)も気づいているのだろう。

自分は何者だ、と。

何をすべきか。何が欲しいのか。

あまりに恵まれすぎた環境の中、それでも何かが違うと心のどこかで問い続けてきたことを。

「はんぱな男に支倉は任せられん。遊ぶなとは言わんが、きっちり線引きはするんじゃな」

だったら他の従兄弟(いとこ)達の中から選んでくれてもかまわない、と開き直って、本当に家から放り出されれば、明日の飯代にさえ困るただの若造でしかない。

亮としても、生まれたときから敷かれていたレールを、鬱陶(うっとう)しいと思ったことはない。

それは、刺激的で、創造的で、生産的で、文字どおり建設的な仕事であるのだから。

あまりに目的が定まっているがゆえに、それ以上の夢を描くこともできず、それ以上のやりがいを見つけることもできず、二十二歳の今日までできてしまったが。

でも、その焦燥はもう過去のものだ。

今の亮には、恋人達が愛を語るこのイブの夜をいっしょにすごしたい、唯一の人がいる。

とはいえ、その想いを貫けば、支倉の後継者としてもっとも重要な義務を、否応なしに放棄しなければならない。

「遊びではない……と言ったら、俺は用なしですか？」

だから迷う。この迷いが、確実に恋人の機嫌を損ねるだろうとは、わかっているのだが。

「おまえも若いのに、存外頭は固いのう。昨今、体外受精の技術は革新的に進歩しておる。心配せんでも子種さえあれば、跡継ぎなどいくらでも作れる」

そんな、品物みたいに、と思いはしたが、口にはしない。

愛しい人を裏切らずに、支倉に自分の子を残すためには、その方法しかないことも、亮とて考えてはいた。

が、よもや、七十七の祖父様に先んじられるとは思ってもいなかった。

この老骨に、堂々『支倉都市開発』を背負っているのだから、発想の柔軟さは並みではないということか。

虚実乱れる経済界で、一人正義感に燃えて真実を告げることが最良の道ではないのだから、亮の想いを知った上で、遊びにしておけ、との祖父の言いぶんも重々承知しているが。

それでも、公式の席にあの人を同伴することはできない――その失望感は、この先ずっと亮につきまとうだろう。

「文倉翁、お元気そうで。お久しぶりです」

ふと、割り込んできた挨拶の声に聞き覚えがあって、亮はそちらのほうへと視線を流す。

黒のタキシードにアスコットタイと、英国風のフォーマルな装いがよく似合う紳士然とした男の姿を目にとめて、亮はいきなり渋面を作る。

『KSデパート』代表取締役社長、黒沢清治である。

江戸時代に始まる呉服屋を起点に、百年以上の長きに渡って事業を拡大させてきた、老舗中の老舗、『クロサワグループ』流通部門の長である、男。

百貨店にとってはかき入れ時のイブの夜に、自社でパーティーを開くはずもない。そんなぬるさには縁のない男だ。仕事は仕事、慰労は慰労と、切り離せるだけの器ではある。

代わりにこうして、付き合いのある企業のパーティー巡りをしているのだろうが。

(よくものこのこと、ここに現れたもんだ)

亮が、今は愛しい恋人となった人と出逢ったのは、彼が初めて手がけた仕事、芝浦に建つタワービルのオープニングレセプションだった。

そこへ、かの人を伴ってきたのが黒沢清治だということくらい、連れとして台帳に本名を明記してくれた人の厚顔無恥さのおかげで、簡単に亮にも知れたのだが。

本当の出逢いは、さらに数カ月さかのぼる――。

＊

経済学部の地球環境学の講義は、午後一から始まる。

昼食をすませ、腹もくちくなっているところに、窓から差し込む秋の陽の柔らかさも手伝って、誰もが微睡（まどろ）みたくなる時間。

担当教授が学会出席のため、急きょ代理講師が教壇に立ったこともあって、どうせなら休講にしてくれりゃいいのに、と不満たらたらの学生達の表情は、おしなべて散漫だ。

だが、亮は周囲の気怠さなど知ったことかと、講義室に響く美声に耳を傾けていた。

「……で、二大排出国の削減努力がない京都議定書は、温暖化防止のための有効な策たりえないわけで、二〇一三年以降の地球温暖化対策の枠組みは、コペンハーゲン合意を待つことになる。とまれ、2℃抑制が達成できる選択肢はあと数年で失われると予想されており、先送りによって利する国などないのである。——にもかかわらず、『合意』ではなく『留意』で手打ちにした、各国首脳のバカさ加減のおかげで、地球は瀕死（ひんし）の状態に陥ったと言わざるをえない。ウォーターフロントなどと持ち上げられて、ゼロメートル地域に居住する諸君、百年後にはエントランスは水没、ボート持参のリッチな生活を満喫できるだろう」

無造作に伸ばした髪を首の後ろで引っ詰めて、乱雑な前髪とダサイ黒縁眼鏡で顔を隠し、白衣を翻しながら、講義室に姿を現した男を見た瞬間、亮の恋は始まった。

男の名は、斎木朝人。二十八歳。

お色気過多な容貌には似合わず、五カ国語を操る地質学博士という地味な肩書きを持つ一方で、宝飾専門店『ジュエリー陣野』の専属鑑定士兼バイヤーとして、活躍している。石オタクとして有名な美貌の鑑定士の噂は、たった六年で『ジュエリー陣野』を一流店に押し上げた陣野一臣の右腕として、亮も聞きおよんでいた。

その美貌、その博識、ついでにすさまじい変人だと——学業と仕事を両立させる忙しい毎日の中、頭のほんの片隅にとどめておく程度の情報としてだったが。

だが、本人を前にしたとき、噂などまったくあてにならないものだと、思い知った。

この男を、妖艶だとか、麗美だとか、そんな陳腐な形容で語るのか、と。

亮にとって、斎木朝人の魅力は、とうてい言葉になどしきれるものではない。

一八〇センチにわずかに届かないくらいの細身の身体は、砂漠の果てからジャングルの奥まで宝石を求めて身ひとつで飛び回った結果としての、しなやかで実践的な筋肉をまとい、生を具現化したような優美なラインで、亮の視線を釘付けにした。

軽くウェーブのかかった色素の薄い髪は、風を操るかのごとく自在に揺れ。

その内に月の輝きを閉じこめたような、深い琥珀色の瞳は、無粋なレンズ越しに一瞬の隙すらない眼光を向けてくる。

日本中が生気を失いつつあるこの時代、我れ関せずとばかりに、頭脳も、容姿も、身体能力も、すべてを武器にして、サバイバル精神丸出しで生きている男。

文倉の名に守られた生ぬるい空気の中で生きてきた亮に、鮮烈な印象を与えた男。

それが、斎木朝人だった。

＊

今はもう一時たりとも頭からその存在が消えることない愛しい人に、七年という期限つきで自分のことを観察してくれと頼み込んだのは、つい一カ月ほど前のこと。

それは朝人が、高校時代からの友人であり、『ジュエリー陣野』のオーナーでもある陣野一臣を、信頼に足る男と認めるまでに要した年月に等しい。

そのあいだ、亮がすることは、ひたすら朝人に情熱を傾け続けることだけ。

それにには少々でなく自信はあるが、たとえば黒沢清治のように明らかに格上の男が、愛する人とどんな関わりがあるのか気にならないと言えば、嘘になる。

（この男……朝人さんと、どんな関係なんだ？）

恋人とすごしたいイブの夜に、儀礼でしかないパーティーに顔を出した目的の半分は、清治とのまっこう対決だった。亮はその場に似つかわしくない嫌悪を込めて、清治を睨めつける。

（あの日、朝人さんの狙いが、俺に近づくことだったのを、この男は知ってるはずなのに……）

だが、清治は、そんなことなどおくびにも出さず、むしろ、関わりたくないとばかりに視線を逸らし、握手すら求めずにそそくさとその場を辞してしまった。

（なんだ？　妙な反応だな）

清治にしてみれば、亮の弱みを握っているのも同然なのに、怯えてでもいるかのような態度は、どこか奇異だ。

「お祖父様、宴の途中ですが、失礼してもいいでしょうか？」

とりあえず、当初の目的を果たした亮は、ひっそりと祖父に耳打ちする。

「役目を途中で放り出すか？」

「お祖父様なら、魑魅魍魎のごときおべっか遣い達と絶世の美女なら、どちらを選びます？」

「ふ、言わずもがなだな。行くがよい」

「ありがとうございます」

朝人との関係を知りつつ、妙に物わかりのいい祖父の思惑など、しょせん亮の想像がおよぶところではない。お釈迦様の手のひらの上で飛び回っている孫悟空のようなものだ、と苦笑しながら亮は、招待客の中をすり抜けて庭へと歩み出る。

枯山水の見事な日本庭園の中、闇を裂いて響くバラバラという耳障りな音に引かれるままに、亮は足を速める。

突然、木立が途切れ、周囲とあまりにそぐわぬ無味乾燥としたヘリポートが現れる。

今まさに飛び立たんとするヘリコプターの正面、深紅のチャイナドレスの貴人は、これまた緋色のマントをプロペラの回転がおこす気流に翼のようになびかせて、佇んでいた。

「遅い！」

たっぷりと怒気を含んだテノールが、キンと亮の鼓膜に突き刺さってくる。

「俺を待たせるとは、いい度胸じゃないか」

ドクン、と心が躍る。胸が震える。血潮が湧き立つ。

情熱を具現化したようなこの男を前にすると、いつも体温が上昇するような気分になる。特に、股間のあたりを集中して。

「朝人さん！」

駆け寄るなり、亮は朝人を強く抱き締めた。

腐りかけた空気を吸って窒息寸前になりそうだった肺が、生き返ったように、深く朝人の匂いを吸い込んでいく。

これほど熱く。

これほど鮮やかに。

心躍らせる存在がいることを、二十二になるまで知らずにいた自分の愚かさに、何度呆れたことだろう。

一方で、この唯一の存在に巡り逢わせてくれた運命に、どれほど感謝したことか。

「すばらしく、きれいだ……！」

どうしてこうも朝人を前にすると、ありきたりなセリフしか出ないのか。

だが、どれほどの美辞麗句(びじれいく)を並べようと、朝人という人間の本質を表すことなどできない以上、もっともシンプルな言葉を告げるしかない。

「今すぐ剝いて、押し倒してやりたい」

「寝ぼけてんじゃねーよ、このエロガキ！」

だが、美しいその唇が甘い言葉を発してくれることは、残念ながらめったにない。

（つれない人……）

亮は、心でクスンと泣いた。

ぶりっこしてみせたって、決してほだされてくれない人に、見惚れながら。

「なんだ、このドレスは？　調子こきやがって、てめぇ。これがプレゼントだってか？」

初めて二人が契約という形で抱きあった夜に、朝人が着ていたのが純白のチャイナドレスだったから、イブならばやはり赤いドレスだろうと贈ったのだが——どうやらお気に召さなかったようだ。ある意味、当然のことだが。

「朝人さん、普段からあまり服装には頓着しないから、どんなものでもいやがらないのかと思ったんですが」

「あのなー、俺には女装趣味なんかねーの。必要に迫られてするだけ。最初のときは、おまえを誘惑するつもりだったから、着飾ってたけど」

「じゃあ、趣味でもないのに、わざわざ俺の贈ったドレスを着てきてくれたってことは、今夜は俺を誘惑する気だと思っていいんですね？」

「自惚れんじゃねーの。俺は、釣った魚に餌はやらない主義なの」

どこまでも辛辣な朝人だが、それでもこうして餌をやる必要のない亮の望みをかなえるために、目にも鮮やかなドレス姿を見せてくれた。

それだけで、亮にとっては、望外の喜びなのだが。

「で、どこ行くんだ？　クソ寒い中、呼び出しといて、つまんなかったら容赦しねーぞ」

これでもう少し……そう、ほんの少しでも甘い言葉をかけてくれたなら、との贅沢な望みが、思わぬ嫉妬（しっと）となって口から飛び出していく。

「その前に、ご報告です。黒沢清治が来てましたよ。挨拶してこなくていいんですか？」

「なんで？」

「あなたにとって、利用価値のある男でしょう？」

「あー？」

「あいつとも……寝た？」

「おーい、気色悪いこと言うなよ」

しょせん身体など魂（たましい）の器――道具としか思っていないようなところがある朝人は、利用できるなら、興味もない相手にでも平気で抱かれる。

「バカにすんなよ。確かに俺は堂々の石オタクだから、そのためならなんでもするけど、黒沢にそれほどの価値はねーよ」

「だったら、どんな関係？」

「それは、ないしょ」

「ないしょって……」

「おまえには関係ないってこと。何もかも言わなきゃいけない義理なんかないぜ」

「そうだけど」

ムッ、と亮は口をへの字に歪めた。

確かに亮に、詰問する権利などない。

朝人が誰と何をしようが、亮は七年後まで自分の気持ちを貫くとの条件つきで、ようやく恋人にしてもらっているにすぎないのだから。

「それに、黒沢の弱みは俺とは関係ないから、言うわけにはいかないの」

「……って、じゃ、陣野さん関係？」

「だから、ないしょだってーの」

悪戯なウインクをよこしてくる朝人だが、その反応では、すでに肯定しているようなものだ。

ならば、これ以上のことは、どれほど問い詰めようと、答えがもらえるはずはない。

自分のことなら、コロンビアの麻薬組織に輪姦されたという悲惨な過去でさえも、平然と語る朝人が、陣野のこととなると、どんな些細なことでも口を閉ざす。

朝人と陣野のあいだには、亮には知ることのできない深い絆がある。

それは、亮が触れてはいけないない、部分。

真性の同性愛者ではない朝人と陣野のあいだに、肉体関係などあろうはずはないのに、それでも何度となく身体を重ねた亮よりも、深く交わっているような気がする。

信頼という目には見えない絆が、恋情より強く二人を結びつけている。

ともに生き、ともに死ぬ。

肉欲の介在しない二人のあいだに割って入ることのできない自分を、亮はひどく歯がゆく感じるのだ。こうして愛しい人を腕の中に抱き締めていてさえ、陣野こそが朝人のもっともそばいる存在だ、という感覚を拭うことができなくて。

「結局、陣野さんがいちばんなんですね」

こんな拗ねた子供みたいな言い方は自分らしくないし、約束にも反するとわかっているのに、亮は苛立ちを抑えることができない。

「あのな……」

亮の態度に何かを察したのか、朝人がため息混じりの声を吐く。

「俺はさ、一度だって陣野とイブの夜を、いっしょにすごしたことはないんだぜ」

「え？」

「俺にこんな女装をさせておいて、勝手に卑屈になるんじゃないよ」

それは、どういう意味だろう、と亮は期待に目を瞠る。

「朝人さん……？」

「楽しませてくれるんだろ。おまえにしかできない方法で。ん？」

「それは、もちろん」

恋人でしかない。

恋人にしかなりたくはない。

そう望んだのは、外(ほか)でもない亮自身なのだ。

朝人の薬指に、亮が贈った〝血まみれの目(ブラッディ・アイ)〟が輝いているかぎり。

それは、持ち主に最高の富と不幸な死をもたらす、との伝説を持つルビーの指輪。

鳩の血色(ピジョンブラッド)と呼ばれるその石の輝きを何より愛する朝人を喜ばせるために、今宵プレゼントしたいものは、説明するより見てもらうのがいちばんだ。

「付き合ってもらえますか、今夜一晩？」

疑問形で言いつつも放すつもりなどさらさらなく、亮はヘリコプターへと朝人を誘う。

そうして、二人を乗せたヘリコプターは、静かに闇に佇む日本庭園を蹴散らすような爆音を立てて、都心の空へと飛び立っていく。

――イブの夜、眠りを知らぬ街は、たぶん一年の中でもっとも煌びやかにライトアップされている。この日につきものの、サンタ服色のイルミネーションで。

「イブのナイトクルージングか。おまえが用意したお楽しみは、これか？」

朝人の瞳に、宝石を撒(ま)いたような都会の景色が映っている。

「人工の宝石箱じゃ、楽しめませんか？」

「人間の強欲さと無駄遣いの象徴だな。まあ、空からなら一見の価値はあるな。それに、人間が無欲な生きものなら、宝石の輝きもこの世にはなかったんだし」

だから嫌いじゃないよ、と自らの父親をその欲のために失った朝人が、うっそりと呟く。

「けど、俺はプレゼントは用意してないぞ。無神論者だからな。俺にとって今日は、ただの十二月二十四日だ」

「俺がしたくてしてることです。でも、ひとつだけ我が儘を言わせてもらえるなら……」

「なんだ?」

「キスを」

呟いたときには、亮は朝人の唇を奪っていた。

操縦士は、どこまでも知らぬ存ぜぬを決め込んでくれる。それだけの報酬は支払っているから、いないも同然。もっとも誰がいたとしても、それを気にする朝人ではないが。

ねろり、と入り込んでくる舌が、クリスマスケーキより柔らかくとろけていくようだ。

(ああ……、この感触……!)

熱く、激しく、甘やかに、重なった唇から、クスと忍び笑いの吐息が流れ込んできて、密着した部分が温度を上げていく。

人工の宝石の輝きを眼下にしながら、朝人の両腕は楽しげに亮の背中へと回ってきて、その左手を飾る宝石は、闇の中でも怪しいまでの蛍光色を放っている。

亮と朝人にとっての永遠の誓い、エタニティリング——それがあるかぎり、二人の夜に終わりはこない。

男達のドリームループ～お馬鹿な野郎どもがビデオに込めた願望編～

「これ、何……？」

部屋に入ってくるなり三森正実は、二十五歳の成人男子とも思えぬ、やたらと可愛らしい両目をまん丸にして、ポツリとこぼした。

これはなんだと言わんばかりに、驚くよりも唖然として。

だが、どんな表情をしても愛しい人の顔は美しい、と九曜竜樹はでろりと頬を緩ませた。

「ああ……三日ぶりですね。欠乏症で死ぬかと思いました」

「二言目にはそれなんだから。だいたい僕の顔なんか見なくても死にゃしない。でも、不摂生では死ねますよ」

言いつつ正実は、このあたりでもっとも高級なホテルのプレジデンシャルスイートを、ゴミ溜めの状態にしている竜樹に、うんざりとした視線を送る。

一泊二十万、家具もファブリックも最高級の品々で設えられたエレガントで華麗で、三十畳はあるだろう部屋の、ダマスク織りの絨毯一面に散乱しているのは、実に即物的で性欲を煽る類のものばかり。

いわゆる大人の玩具から、ボンデージ衣装を筆頭としたコスプレ用品や、明らかにＡＶとわかるパッケージのビデオやＤＶＤや、男同士をテーマにしたらしいマンガや小説。

おまけに、壁にかけられた薄型テレビには、組んずほぐれつの男達の裸体が映っている。

「人が忙しく働いていたあいだ、こんなくだらないものを集めていたわけ？」

「残念ながら、私は働く必要がないし、あまりにヒマだったので、男同士の恋愛について研究していたんです。過去の名作にさかのぼって色々と」

イヤミでもなく竜樹は苦笑する。

日本でも有数の宝石ディーラーを父親に、インドの大富豪カーン家の娘を母親に持ち、ついでに一生遊んで暮らせるだけの財を持っているのも、自分の責任ではない。

このホテルに一年間居続けても、懐は痛くも痒くもならない。竜樹が痛みを感じるのは、唯一、正実にふられたときと、そしてまた、正実に逢えない時間だけなのだ。

それほどまでに愛する正実は、市役所勤務の二十五歳。

職種に似合った生真面目な性格ゆえに、ここ三日ほど、夏風邪をひいて休んだ職員のぶんまで仕事を引き受けてしまい、この部屋に寄っている暇もないほどだった。

もっと庁舎の近くに宿泊すればよかったのだが、竜樹の感性に合っているものが——つまりは通常人の感覚からすれば豪華すぎるスイート・ルームのあるホテルが、他になかったのだ。

祖父母譲りの褐色の肌も、ウェーブを描きながら背を流れ落ちる黒髪も、悪目立ちしすぎるからと仕事場へ顔を出すことは厳禁されているせいで、正実が足を運んでくれるのをひたすら待つだけだ。いずれは正実と同棲するためのマンションを庁舎の近くに見つけるつもりだが、いまはたまの逢瀬で我慢するしかない。

（まったく、この私を待たせるとは……）

生まれた瞬間に、あらゆる幸運を手の中に握ってきた男。

選ばれた者の自負も、慢心も、歓喜も、虚飾も、孤独も、味わい尽くした。

欲しいものはすべて手に入れた。何も不足はない。たった二十九年しか生きていないのに、残っているのはもう退屈だけだ、と暇潰しの道具を探すような毎日だった。

それを羨む者達もいるし、贅沢な悩みとわかってもいるが、竜樹の望みはもはや、満たされぬ、という感情を味わうことだけだった。

ずっと探していた。自分の心を騒がせてくれる相手。伸ばしても伸ばしても手の届かぬ、苛立ちや焦燥、そういった負の感情が欲しかった。心底から。

そこに、三森正実が現れた。平凡な地方公務員。なのに、竜樹を平手で叩いた。

もともとの直感力と、幼いころからの修業のおかげで、竜樹には、他人が自分に向ける殺気を見抜く力が備わっている。怒りや憎しみ——そういった攻撃的な感情を察知し、事前に回避できるのだ。怒気を宿した拳など、意識などしなくても、身体が勝手によけてくれる。

腕には自信のあるはずの陣野の拳でさえ、竜樹を掠ることもできなかった。

唯一、竜樹を打ったのは、正実の手のひらだけだ。

目に捉えていたのに、向かってくる殴打から逃れることすらできなかった。人にぶたれた経験は、あれが初めてだった。

その理由を竜樹は知っている。正実の平手には殺気がなかったのだ。

竜樹を叱るために振り下ろされたそれは、母親が悪戯っ子に向けるお目玉のようなもので、そこに込められていたのは、ただ人としての情だけだった。

あの瞬間から、正実は竜樹の特別になった。

どうしても手に入れたいのに、簡単にはなびいてくれない、唯一無二の存在に。

正実を欲して、常に心が飢えている。

キスや微笑みが注がれれば、甘美な想いに満たされる。

だが、それも一瞬だけで、正実が去れば、すぐにまた飢え渇く。

この渇望が、竜樹の望みだった。だから、寂しさすら、今は正実がくれた宝物だ。

――いつ正実が現れるだろうか、と胸躍らせながら待つのも、なかなか楽しい。

などと浮かれていたのも、最初だけ。

もともと我慢という言葉にはまったく縁のない男だから、たかが三日のおあずけで、もう禁断症状が出てきた。それを耐えるべく、正実のいない時間を有効にすごそうと考えた結果が、この部屋の有様なのだ。

「えーと、竜樹って色事は専門家だったよね？　家伝の催淫剤とか暗示とかで、人を意のままにできるんだから、今さらこの手のものは必要ないんじゃない」

なんちゃってインド人だと自称する竜樹は、眉間にヒンドゥー教におけるシヴァ神の第三の目を彷彿とさせる痣を持つがゆえに、シヴァ信仰から派生した性的な色合いの強いシャクティ派の教義のもとで育てられた。

「私の知識は男女の恋愛に関してです。三日も愛する人に放っておかれるのは、私に魅力が欠けているからか、同性愛についての知識不足ゆえにあなたを満足させられないからか、どちらかだろうと悩んだもので」

しゅんと、うなだれたふりなどするが、この男、それほど殊勝（しゅしょう）なタマではない。

自分の魅力については、ルックス込みで疑ったことがないからこそ、欠けているのは知識だろうと思ったあげくの暇潰しが、正実攻略法の追求だったのだが。

この惨状（さんじょう）を前にしては、攻略するどころか、むしろ、二、三歩は退かれることを覚悟したほうがいいだろう。それでも、散らばっているものの隙間を縫って、正実は竜樹に歩み寄る。

「この部屋、掃除とかしてもらってないの？」

「してますよ。無駄に高いルームチャージを設定しているのだから、むろん掃除はさせてます。置いてある私物は、もとの位置に戻しておくようにと指示してありますが」

「……あっそ……」

なんて傍（はた）迷惑なヤツだ、とばかりに、正実は露骨（ろこつ）に顔を歪めた。

中には、剝（む）き身のアナル用バイブやら、ピンクローターやら、拘束具まであるのに、それをわざわざ片づけて、掃除をさせて、再び散らかった位置に戻させているのかと、本気でいやそうな表情で訴える。

だが、竜樹的には、それでいいのだ。

あんまり放っておくと誰彼かまわず迷惑をかけるぞ、というデモンストレーションでもあるのだから、少々困ってもらわなくては意味がない。

「その妙な玩具を本気で使う気でいるなら、僕はこのまま回れ右して、帰りますけど」

「使いませんよ。部下に適当に集めろと命じたら、そんなものまであっただけです。たとえ玩具であろうと、私以外の何かがあなたに触れるなんて許せるはずがない」

「ＡＶとか官能小説とかも、知識にはならないんじゃない。演技なんだし。それ以前に、想像の産物なんだから」

「でも、本当に脳味噌が腐りそうなくらいヒマだったんです。今朝からもう九本目ですよ。変わり映えのないＡＶビデオを観続けて」

拗ねる竜樹にも、わかってはいるのだ。これは単なる我が儘でしかない。

竜樹にとって、正実はこの世で唯一の特別な人だが、正実にとっては、うっかり拾ってしまったワンコでしかない。

けれど、自分で撒いた種は自分で刈る――それが三森正実の信条だから、どんな成り行きからであろうと、いったん拾ってしまった以上、最後まで面倒をみてくれるはず。

そのことを実感したくて、我が儘を言い続けているのかもしれない。

「そんなものに頼らなくても、じゅうぶんだと思うけど……。催淫剤抜きでも……その、僕を、イカせたんだから……、並みのテクニックじゃないと、思うし」

「それは、感じてくれたということですね？」

「……まあ……、そーなのかなぁ」

渋々ながら認める正実だが、それイコール恋愛感情とはいかないのが難しいところだ。

だが、たとえ男の生理だけで感じているのであろうと、堅物の正実が同性に抱かれ続ける立場を漫然と受け入れるはずもなく、うっすらと頬を染めているところを見れば、竜樹とのセックスをいやがってばかりいるわけでもないのは、確かなのだ。

「——ともかく、この手のものは、竜樹には似合わないって言うか、ふさわしくないよ。カーマスートラの奥義でじゅうぶんだろう」

「それなら、実践しましょうか？　カーマスートラの奥義を」

極上の低音で囁きながら手を伸ばし、つかんだ腕ごと胸の中へとたぐり寄せれば、正実の顔に困惑の色が広がる。

「えーと、自分で言っておいてなんだけど……本気で迫られると、けっこう怖いんだけど」

「怖くなんかありません。気持ちいいだけです」

「で、でも……」

反論を塞ぐためにうっとりと口づけ、唇の甘さを味わいながら正実を押し倒そうとしたとき、自らがあぐらをかいていた場所以外に、男二人が寝そべることのできる空間がまったくないことに、竜樹は気がついた。

「ほらね、散らかしっぱなしにしてると、こういうことになるんだよ」

「……………」

黙したまま正実を横抱きにして、竜樹はすっくと立ち上がる。

アダルトグッズの海の中、飛び石のような隙間を見つけて、長い脚で寝室へと向かう。

「こうなると邪魔なだけですね。明日にでも全部捨てさせましょう。あなたの顔を見たとたん、なんて無意味な三日間だったのかと、思い知りました」

「捨てるってのは、もったいない気がするけど。ディスカウントショップとかなら、買ってくれるかな？　でも、本やビデオはともかく、あの妙な玩具とかは……」

「では、知り合いに送ってあげましょう。その手のものが好きそうな男がいるので」

「へ？　あんなものを……」

欲しがる男がいるのか、と正実が眉をひそめる。

「一人、心当たりがあります。喜びますよ、きっと。私より有効活用してくれるでしょう」

「ふうん……」

「なんです？　釈然としない様子ですね」

「いや、竜樹の知り合いなら僕が文句を言うことじゃないけど、あーゆーものを使って悦ぶような男と、お付き合いはしたくないと思って」

「付き合わなくてもいいですよ。ろくでもない男ですから。あなたは私だけ見ていてください」

チュッと口づけを送りながら、竜樹は、正実の身体を最上級のリネンの海に横たえる。

ネクタイを外し、シャツの前を開いていくのも、楽しい。胸元を露わにしていく途中、ふと思い出したことがあって、竜樹は問いかける。

「ところで、スクール水着というのはなんですか？」

「……は……？」

コスプレ用だと部下に説明されたのだが、どうにも納得がいかないと、首をひねる。竜樹は義務教育を受けていない。ゆえに、スクール水着にお目にかかる機会もなかったのだ。

「他の衣装はなんとか理解できるのですが、あの女の子用にしては、濃紺で色気皆無のスクール水着とやらだけは、どこがいいのかわからなくて……」

「理解しなくていいから、一生っ！」

最後まで聞かずに、正実は竜樹の言葉を遮った。

さっきまでは呆れ果てていただけだったのに、いきなり両頬を、怒りより羞恥の色に染めて。

「そ、そんなの……男が着るもんじゃないし……！」

確かに男が着用するには、あまりに身体にフィットしすぎている。

たとえ正実の性器が、本人が思っている以上に標準より小振りだろうと、股間のもっこりは隠しようもなく――かなり無様な姿になるのではと竜樹も思っていたのだが、こうして間近に正実を見ながら想像を巡らすと、あながちみっともないだけではないような気がしてきた。

（いや……、それどころか、意外と可愛いかもしれない）

露出が少なく、色も地味だからこそ、ストイックな雰囲気が漂うような……と、神の化身のごとく奉られた者には似合わぬ、煩悩だらけの妄想に心が浮き立ってくる。

「そ、そんなマニアックな嗜好からは離れて、もっと健全なことを考えようよ」

珍しく、正実のほうから誘いかけてくる。スクール水着を着るよりは、セックスのほうがまだマシだということなのだろう。その基準もまた、竜樹には謎だ。

「健全なセックスって、あるんでしょうか？」

「あると思うけど。もともと子作りっていう生産的なことに付随してるんだから」

「では、その健全なことについて、実は夢はあるんですが。そう、ひとつだけ」

「何？」

「あなたのその魅惑的な口で、私の性器を咥えて……」

嘗めてくださいとまでは言えなかった。こめかみにゴンと一発、容赦のない拳が飛んできたから。いたた……、と呟く竜樹の耳に飛び込んできたのは、正実の罵声だ。

「い、言うなっ！　その手のことを口にしたら、遠慮なく殴るぞっ！」

自分で訊いておいて、答えようとしたとたんに、これだ。

その上、殴ると忠告する前に、殴っているし。

だが、殴られるのも、嬉しい。

本能的な自己防衛能力ゆえに、竜樹は二十九のこの歳まで、他人どころか親兄弟にさえ殴られたことがなかった。

誰もが羨ましがる力なのに、そのおかげで痛みすら知らぬ愚かな人間に育ってしまった竜樹に、初めて痛みを教えてくれた正実。

恨まれて当然のことをしたのに、正実は私怨ではなく、慈愛から竜樹を叱った。

殺気のかけらもない平手は、何度振り下ろされてもさけることができず、頑固な心と細い腕の意外な力強さを知ったとき、竜樹は初めて人としての気持ちに目覚めたのだ。

――欲しい、と。この人が欲しいと。

それまで竜樹にとって、人間とは、私欲に満ちたいじましい生きものでしかなかった。

親族が竜樹を大事にするのは九曜家の繁栄のため、ひいては自らの欲のため。

幼いころから尊敬や羨望（せんぼう）と同じだけの畏怖と嫉視（しっし）を受けて育った竜樹にとって、すべては虚構でしかなかった。どれほど奉られようと、人は、神が竜樹に与えたもうた恩恵を享受（きょうじゅ）するために媚びへつらうだけなのだと、諦念（ていねん）のうちで生きていた。

なのに、どんな奇跡が降りかかったのか、竜樹は出逢ってしまった。

潔癖で、頑固で、厳格で、無欲で、そして、何より純粋な人に。

そう思いながらも、今日もまた、その純粋さを穢（けが）すための行為に没頭しはじめる。

「ちょ、ちょっと待てって、まだシャワーも浴びてないし……」

竜樹の腕の中で、下肢まで剝かれていく正実が今さらの抵抗をする。

「浴びなくてもいいです。せっかくのあなたの匂いが、ボディーシャンプーなどに紛れてしまうのは惜しい」

「だから……、そ、そーゆーことを言うなって……！」

なかなか素直になれない人は、放っておくと拒否の言葉ばかり吐き散らすから、唇はさっさと塞いでしまう。口腔（こうこう）内の柔らかさや、潤いや、甘さを存分に味わい、もちろん溢（あふ）れてくる蜜のごとき唾液は舌を絡めながら吸い上げ、嚥下（えんか）する。さらに、唇の端から顎へと漏れていく滴（したた）りを舌先で追えば、肌を這う感触に反応して、正実の喉がわずかに揺れる。

「……っ……、んんっ……」

必死に押し殺した喘ぎが漏れる瞬間の微妙な動きを唇で確かめれば、その感触が心地いいのか、細い首のラインが弓なりに反り返る。それこそ信頼の証にほかならない。

人も動物も、嫌いな相手に、無防備に急所をさらしたりはしないものだ。

血管の密集した皮膚の薄い部分――それは同時に、柔らかくて感じやすい部分だ。

（ああ、吸血鬼になりたい……）

シヴァ神の加護を受けた身でありながら、異教の魔物になりたいと切に願う。正実の血の甘さを味わって、自らの血を代わりに注ぎ込み、身も心も一体になれたらどんなに幸せだろうと。

（そうか……、それが私の夢か）

もちろん、漠然とした妄想でしかない。

だが、正実と本当にひとつになりたいなら、そうやって命をわけあうしかない。

吸血鬼という存在が、恐怖と同じだけロマンを感じさせるのは、たぶんそういう理由からなのだろう、と竜樹は思う。

もっとも、竜樹はヒンドゥー教の説くところの輪廻は信じているから、不死が欲しいわけではない。とはいえ、生まれ変わっても、正実に出逢えないなら意味がない。どんな生きもの、どんな形になろうと、正実の魂に寄り添える運命ならば、死も再生も怖くはない。

（この私が、恐れを感じることがあるとは……）

人として生きることは、とうにあきらめていたから、恐怖は遙かに遠い場所にあった。なのに、正実のぬくもりと感触を腕の中に捉えている今、それを失うことも、自分が消えることも、怖い。ただ、このときが少しでも長く続けばいいと願うだけ。あまりに凡庸な人間的な願い――それは竜樹が、神の威光を伝える依代ではなく、ただの人に成り下がったことを意味する。

だが、と竜樹は思う。

(それこそが、私の夢だったのだ)

家族や友人達とも同じ世界にいられないと知ったときから、願っても詮ないだけと見て見ぬふりをしていたが、それでも心の奥深くに巣くっていた、夢。

一個の人間として、恋し、生きる。

決してかなうはずがないと思っていたそれを――一生の恋人を、今、抱いている。

「挿れても、いいですか?」

湧き上がる欲望をこらえきれず問えば、正実の耳朶がまっ赤に染まる。

「い、いちいちそういうこと……訊くなよ……」

抱かれるのはいやではないのに、素直にうなずけない正実の、拗ねた態度が可愛すぎて、竜樹は張り詰めた自らの前を解放した。

少々でなく自慢のものを、組み伏せた細い男の後孔に押し当てる。

「……あっ……?」

その熱を感じとった正実が、一瞬見せる、怯えとも期待とも知れぬ表情。それを見てしまえば、もう止まらない。傷つけるかもしれないと頭の隅で理性が訴えるが、すでに身体は意志を離れてまだ少しもやわらいでいない場所に、無理やりの侵入を始めている。

唇を噛み締め、痛みに耐えながらも、必死に竜樹を受け入れようとする正実の苦悶すら、許されている証拠と思えば嬉しいだけで、竜樹は一気に最奥まで貫き通す。

「あ、っ……ああーっ……！」

この幸福を守る。守りとおしてみせる。

自分に与えられた神の祝福のすべてを使って、唯一の人を守る。そして、時々は楽しいプレイもしたい。

（いつか、正実のこの唇が、私のものを愛撫してくれることを願う）

フェラチオ……強欲男に似合わぬ、なんともささやかな望みだった。

陣野一臣

なんとかと煙は高いところに登りたがるというが、陣野一臣は、人に踏みつけにされることを好まない。愛人の子という出自のせいもあるのだろう。どうせならいちばん高い場所に上り詰めたいという願いは、何も持たぬ男のコンプレックスの裏返しなのかもしれない。

そんな理由でかどうかは定かではないが、代官山でもひときわ目を引くデザイナーズマンション『パークキャッスル代官山』のペントハウスに居を移して、五年以上になる。

一流宝石商の名に恥じぬ住居と見定めて選んだだけの、モデルルームのような冷え冷えとした部屋は、ここ半年で、見違えるようにぬくもりのある空間に様変わりした。

すべては、今、ソファの上で陣野に跨り、衣服を乱しながら官能に喘いでいる新妻、三森ミオのおかげだ。

「ミオ、ミオ……、そんなに腰を上下させて、本当になんて淫乱な奥さんなんだ」

結婚して半年、まだまだ蜜月の最中ともなれば、夕食が冷めていくのがわかっていても、ただいまのキスからセックスへと雪崩れ込んでしまうことも、間々あるわけで。

初夜のときには、痛がって抵抗さえした花嫁だったが、物覚えのいい身体は、すっかり快感を引き出す術を身につけてしまった。あられもなく振っている腰の中心に、少々余分なものがついていようとも、二十三歳にしては可愛らしい形のそれが男としての欲望をいっぱいに漲らせ、蜜を溢れさせていようとも、陣野にとっては些末なこと。

「ああっ……ダメ、そんな深いっ……！　ん、やあっ……！」

ミオお得意の『ダメ』も『イヤ』も三桁になろうかというほどに聞いたのに、それが本気の嫌悪を含んでいたのは、最初の数回だけだ。今となっては、行為の最中にはなくてはならないエッセンスになっている。抵抗すれば、楽しいお仕置きができるという意味で。

だから、絶頂の震えを見せはじめたミオの性器を、陣野は手のひらできゅうっと握り込む。

「ヒッ……！　やあっ……」

間近に迫っていた射精を強制的に止められて、ミオが涙に濡れた視線を送ってくる。

だが、そんな可愛い顔で睨まれても逆効果でしかない。前を堰き止めたまま、身長一八五センチはある鍛えられた身体で、上に乗っているミオを軽々と翻弄する。

「やっ……イク、もう、イクぅ……」

悲鳴とも嬌声とも知れぬ声をあげながら、薄茶の髪から汗を弾かせる姿の悩ましさに、陣野の中に残っていた理性もまた弾け飛んで、突き上げは速まるばかり。

「……っ……、ああっ――……！」

身悶える姿を見上げながら押さえていた前を解放し、両手でミオの腰を支え、激しく上下に振り回す。ぐちゅぐちゅとぬめった音が響くたびに、緊縮する襞や粘膜が陣野の性器を刺激して、逞しい腹筋に覆われた下腹部に、どうにもできない熱と放出感が溜まっていく。

「くそっ……！　出すぞっ……」

「あっ、はあっ……、うんと、奥にっ……」

「ふ……。好きだな、奥にぶちまけられるのが。中がうねって、俺のを搾りとろうとしてるぞ」

絶頂が近づくにつれて、気取っている余裕もなくなり、自然と口調が荒れる。

一人称も〝俺〟に変わったあげくの、一流の宝石商には似合わぬ野蛮な本性を、でも、ミオにならら見せられる。すべて知っていてほしい。そして、うんと甘やかしてほしい。

心の中には、そんな甘ったれの子供がいる。

とはいえ、内面がどれほどガキだろうと、なりだけは人並み以上だから、本気で突き上げれば、耐えきれないとばかりにミオの細い身体が大きくのけ反る。

「あっ、あっ……、一臣…さんっ……！」

陣野の名を呼びながら全身を痙攣させ、白濁した精を撒き散らす姿に、また見惚れる。

瞬間、どくんと股間に感じた脈動とともに、一気に濃密な体液を放つ。

（くそ……！　なんで、こんなにいいんだ……！）

二人同時に絶頂に達するとき、翻弄されているのは実は自分のほうではないかと、いつも陣野は敗北感にも似た陶酔に浸るのだ。

ずっと人の上に立つことばかり考えてきたが、ミオと抱きあうときだけ、負けるのも悪くないと感じる。散々にからかって、虐めて、楽しんで、でも、最後には、どれだけ注ぎ込んでもまだ足りないと、次を望むのは陣野のほうなのだ。

本当なら、こうして朝から晩まで繋がって、ミオの後孔が乾く暇もないほどに愛しあっていたい。だが、本気でそれをしたら確実にミオが壊れる。壊したくない。でも、いっそ壊してしまえば、誰にも横取りされずにすむ。

そんなことばかりで頭をいっぱいにしているから、仕事があってよかったと思う。

外的要因で強制的にミオのそばから離される時間は、やはり必要なのだと、益体もないことを考えていると、胸元にふわりと柔らかなものが触れた。

倒れ込んできたミオの髪だ。甘い汗の香りが、むせるほどに匂い立つ。

はあ、はあ、と切れ切れの吐息を送ってくる花嫁の愛らしさに魅せられた陣野の欲望は、一度の吐精くらいでは衰える気配もなく、ミオの中に逞しい存在を示し続けている。

「なんか……まだ、すごくデカイんだけど……」

困ったような顔で、ミオはもじもじと腰を動かす。放出したばかりで敏感になっている内部は、それだけで勝手に蠢動し、咥え込んだものを再び刺激しはじめる。

「そりゃあ、たった一回くらいじゃな」

「でも……、なんか、いつもと違う……」

「どう違う?」

さすがは我が花嫁だ、と陣野は口角を上げる。

今夜はいつもと違う趣向を用意してあるのだが、ミオは敏感にそれを察知しているらしい。

「んー、なんだろう……。粘っこいってゆーか、しつこいってゆーか、微妙に違う……」

「ふふっ」

「な、何ー?　その意味ありげな、笑い?」

「ああ。なんだか今夜の私は、サガを抑えきれないんだ」

ミオの耳朶に唇を寄せて、陣野はひっそりと囁きかける。

「サガ……?」

「教えてあげよう。私こそ地獄を統べる魔王ルシファーなのだ。人の精を吸いとって生きる魔族の王。粘膜吸収で愛するものの精気を摂取しないと、この身はどんどん弱っていってしまう」

「…………はいぃ……？」

「おまえの中に入っているのは、精気を吸収する触手なのだ。ああ、たっぷりと濡れた粘膜の感触はまた格別だ」

色香溢れた流し目で、魔性のごとき極上の低音で、ここいちばんの演技をしてみせたのに。

「キモイ！」

即座に返ってきたのは、愛する男に発するにはあんまりの一言だった。

「触手って、何それー!? 俺、ぬるぬる系、大っ嫌い！」

容赦なく怒鳴りつけると、「んっ…」と鼻から抜けるような声を出しながら、ミオは腰を上げてしまう。ずぽっと抜けた猛りの、望みもしない解放感に、陣野は唖然とする。

「なぜ抜くのだ？ まだ今夜の摂取は終わっていない。私を飢えさせようというのか？」

「だからー、その妙な魔王ブリッコはやめてってば。コスプレ好きなのも、ゴッコ萌えなのも、しょうがないけど、それ、キャラ違いすぎっ！」

「……似合わない、か？」

「ぜんぜん、まったく、掠りもしないほど似合わない！ 珍妙すぎて、マジ、気色悪いっ！」

そこまで全力で否定しなくても、と陣野は少しばかり傷ついた。なのにミオは、こつんと額を押し当てて、熱を測ろうとまでする。

「熱はないねぇ。何か悪いものでも食ったの？」

「愛妻弁当も含めて、三食すべてきみの手作りなのに、どうやって悪いものを食べろと？」

「あ、そうか。じゃあ、どこから仕入れてきたわけ、そのメチャクチャ浮きまくったネタ?」

「昼間、店のほうに、例の蛇男から荷物が届いたんだ」

「蛇男って……ああ、竜樹」

九曜竜樹──以前は一方的に陣野に敵意を持っていたが。ミオの兄の正実になついたことで、それまでの行いを反省し、詫びの品など送ってきたのは記憶に新しい。

「今度は何をくれたの?」

「これだ」

陣野は手を伸ばし、ローテーブルの上からリモコンを取り、テレビに向けた。

薄型テレビからウィンと無駄に電力を食いそうな音がして、ディスプレイに映し出されたのは、この部屋にはあまりに縁のないアニメだった。

「OVA? 十八禁かな……絡んでるのって、男同士?」

「らしいな」

「竜樹って……こんな趣味なの?」

「他にもアダルトグッズやらを、ダンボールふたつぶん、送りつけてきた。バイブもローターもAVも、今さらこんなものをと思うほど、持っているものばかりだったが。アニメというのはお初だったから……」

後学のためにと観てみたのだ、と陣野は白状する。

その設定が、美少年の精気を食らう魔王だったというわけだ。

「観るな、そんなもん！　てゆーか、他のは持ってるもんばかりって、どこに隠してるんだよ、いったい？」

「言うと思うのか？」

楽しい楽しい閨グッズを、家事一切を担当し、毎日掃除をしているミオの目からどうやって隠すのかは、もちろん秘密だ。

「まあ……俺が発見しようが、使うときには使うんだろうけど。でも、自分で選んだものだけにしときなよ。ちょっと不思議系って、もともとシヴァ神憑きの竜樹なら自然にこなすだろうけど、あんたには笑っちゃうくらい似合わねーから」

ずいぶんな言いようだ。そりゃあ、神頼みなんてしたこともないほど現実的な男ではあるが、生い立ちをかんがみれば、いたしかたないところもあるはず。

「それは、品格がないってことか？」

「つか、神秘性がないんだよ。竜樹だと、髪がメデューサみたいにうねって、手当たりしだいに周囲にいる人間の精気を吸いとっても、なんか納得しちゃうけど。あんたみたいな金儲けに血道を上げてる俗物が、ルシファーだのなんだのって言っても、説得力ゼロなんだよね」

「私のしてることが悪魔的じゃないと？」

なんでも屋の仕事で花嫁役をやっただけのミオを、おとなしそうな見かけに反した生意気な態度が新鮮だったというだけの理由で、初夜と称してバックヴァージンを奪ったのは、じゅうぶん悪魔的所業だと言えるはず。威張れることでは決してないが。

「ルシファーって堕天使だよ。もとはすっごく偉い天使だったんだよ。そーゆー知識もないのに、はんぱにプレイするから、よけいに嘘臭くなるんじゃない。それに、あんたは悪魔とかじゃなくて、単に最低の人間ってだけ」

鼻の頭に指を突きつけられて力説され、またまた陣野はちょっと傷ついた。

「なんか……ボロクソに言うねぇ」

「言うよ。だって、あんたいったい誰？　って感じのプレイはヤだもん。人間って設定だけは外さないほうがいいよ。マジで萎えるからさ」

言葉どおり、ミオの股間のものは、すっかり平常サイズに戻ってしまっている。

「せいぜいが、下心ありまくりの悪徳領主か、腹黒代官か、ヤクザの組長がいいとこだよ」

本心からの忠告なのはわかるが、愛しい旦那様に向かって、よくもそこまで言ってくれる。

「そうか、おまえはヤクザの情婦になりたかったのか」

ふふふ、と陣野は低く笑う。

「ならば、望みどおりにしてやろう」

言うなり、ミオを腕に抱いたままソファの上で見事な半回転。馬乗りになって、細い身体を難なく押さえ込む。

「え？　あれ……、ちょ、ちょっと……」

パチクリと目を瞬かせるミオを悠々と見下ろし、やはりこれこそ自分のノリだと、陣野は声音を低くする。

「さあ、情婦らしく淫らに喘ぐがいい」

邪魔な背広を放り出し、ネクタイをぐいと乱暴に引っぱって緩めると、ミオの両脚を自分の肩へと担ぎ上げる。

たっぷり放った精が小さな穴から漏れている扇情的(せんじょうてき)な様に、ゴクリと喉を鳴らす。

「ふ……。いい眺めだ。もっと欲しいって、ひくついてるぞ」

延々臨戦態勢のままだったものを押しつけると、その程度の刺激でも感じるのか、入り口の襞がぬめった光を放ちながら伸縮する。

「いやっ……、ダメぇ……」

お決まりの『いや』も『いい』にしか聞こえない。

「欲しいくせに。そら、たっぷりと味わえ！」

一気に最奥までを貫けば、繋がった部分を中心にして官能の痙攣が広がっていく。最後には大きな波頭となって、ミオの身体を震わせる。

「すげぇな、ぐしょぐしょだぜ。そらそら、もっと奥まで咥え込め……！」

ずんずん、と容赦なく鋭敏な部分を突けば、甘い吐息に紛れた切れ切れの喘ぎが、リビングに満ちる。陣野の鼓膜を、心地よく震わせながら。

「やあっ……！　こ、壊れるぅ……、あっ、ああーっ！」

「壊れやしねえって、この好きものの尻は。ああ、ぐちゅぐちゅといい音を立ててやがる。さあ、もっと締めろ、この淫売め！」

適材適所、分相応、誰にでもぴったりの役所はあるもので、陣野にとって、それはやはり堅気の男ではないのだ。

「黒沢組との抗争も間近に迫っている。いつ、鉄砲玉に狙われるかわからない状況だ。もしも俺がいなくなったら、ここをどうやって慰める？」

水を得た魚のごとく流れ出るセリフの数々は、陣野がバイオレンスの世界で生きてきた証だ。

「……って、もうー、似合いすぎっ……ああっ——……！」

「ふふ、これが俺だ！　おまえが惚れた、陣野一臣だ！」

だから容赦はしない、と存分に腰を振るう。

その動きに合わせて、ミオの細い肢体がソファを軋ませ、ぴちぴちと跳ねる。

「ああ……、最高だぜ、おまえの尻は」

極妻バージョンの夜は、まだ始まったばかり。

文倉亮

宝石のようにライトアップされたベイエリアの夜景の中、四十五階建てのタワーマンションは、濃紺の空に溶け込むように窓灯りを煌めかせていた。

大手ディベロッパー『支倉（はせくら）都市開発』の跡継ぎ候補筆頭と呼ばれる支倉亮（りょう）が、初めて手がけて、自らの頭文字Rをつけたタワービルである。その最上階、地を這う人々を見下ろす場所に亮の部屋はあった。

まだ二十二歳だが、この男もまた、なんとかと煙は高いところに……のクチだった。

人の上に立つ身であることを当然のように受け止め、そのぶん、人の数倍も多忙な日々を送っている。体裁（ていさい）だけのお付き合いに疲れた身体で帰りつき、リビングに入れば、六つ年上の愛しい人が迎えてくれる。

「やらんぞ」

なんとも飾らない姿と言葉で。

お下げに編んだ薄茶の髪は、ハデな柄物のサマーセーターによく似合う。

年代物のワインを瓶ごと抱えて、ビル内のイタリアンレストランからデリバリーしてもらった、山盛りトッピングのピザをぱくついている。

一切れたりともわけてやる気はないとの牽制（けんせい）たっぷりの眼差しに射貫（いぬ）かれて、誰も横取りしたりしないのに、と亮は苦笑を浮かべる。

「いりません。接待で食べてきたばかりです。にしても、どこにそんなに入るんですか？」

「代謝がいいんだよ、俺って。食ったぶんだけ無駄なくエネルギーになるから、太りもしないし、疲れ知らずなの」

言葉どおり斎木朝人（さいきあさと）は、体力自慢の亮でさえ負けそうなほどのパワーでもって、更けゆく夜を楽しませてくれる。

宝石鑑定士である以前に地質学者として、強度不足の埋め立て地に建てられたマンションを心地よくは思っていないはずなのに、自分の部屋が趣味と実益を兼ねて収集した石に乗っ取られてしまったおかげで、今やほとんど同棲状態だった。

ネクタイを緩めながらそばに歩み寄り、まずはキスからと思ったところで、亮はラブチェアーの周囲に散乱している物体に気がついた。

「なんか……妙なものが転がってますね」

形だけなら、朝人の趣味である石造りのシヴァ・リンガとやらに酷似しているが、目的は正反対というほどに違うだろう。どう見ても、遊び目的のために作られた玩具だ。

「陣野がくれたんだけどさ。いる、おまえ？」

「いる……って、何に使うんですか、俺が」

朝人は四十八手どころか、まだそんな方法があったのかと毎晩驚かされるほどのテクニシャンだし、よけいな道具を使うくらいなら自分の一物を満足させたい——などと考えているあいだに、ぬっと朝人の手が伸びてきた。

「首輪とかペニスサックとか、似合いそうだぜ、おまえ」

「まさか……俺がつけるんですか？」

「蠟燭とか鞭とかも、ご希望なら使ってやるぜ。俺、地で女王様やれるから。性奴ゴッコ、やってみるか？　Mに目覚めるほど、最高の快楽ってやつを味わわせてやるぜ」

「えーと、それ、ジョークとかじゃ……」

「ないね、もちろん。人を足蹴にさせたら俺の右に出る者はいないってね。試してみるか？」

どうやら、いたって本気らしい。だが、男同士というだけでも道を外しているのに、それ以上の未知の領域には、亮としても足を踏み入れたくはない。

「残念ですが、遠慮しておきます。陣野さんは妄想癖があるから、あれこれ使うのが楽しいんでしょうが、俺には必要ありません。あなたとのあいだに妙な道具を介在させたくない。やはり生でいただくのがいちばんです」

オリーブオイルで濡れ光る唇に、音を立てながら口づける。ピザ味のキスだが、それが愛しい人のものなら、気になどなるはずがない。

朝人にとって、どうやら食べることとセックスは同義らしいと、付き合いはじめてすぐに気がついた。それがなければ飢えるだけだから、必然的に上達する。そして、いただくなら、美味しいもののほうがいい。さしずめ亮は、三つ星レストランのフルコースだろうか。いや、それとも、朝人が失ってしまった家庭料理だろうか。

どちらにしても、まだ飽きずに食べたがってくれるのは、嬉しいことだ。

「よくゆーな、おまえ。最初のとき、俺ん中にワイン注ぎ込んだのは、誰でしたっけね？」

「あれは……潤滑剤代わりで」

「それに、しょっちゅう女装をさせられてるぞ」

「女装は、あなたが率先してするんじゃないですか。それに、俺の愛した朝人さんは、性別を超越した存在ですから」

「調子のいいやつ」

今日の朝人は機嫌がいい。いつもなら亮から迫って、ようやくお許しをもらうのに、祖母譲りの色素の薄い瞳を輝かせ、自分から亮の前をはだけはじめる。

「でも、本当にいいのか？　一度くらいなら、使わせてやってもいいぜ。楽しいプレイなら、嫌いじゃないし」

だが、積極的な朝人は、ある意味、とても怖い。ここでリクエストを間違えて機嫌を損ねでもしたら、それまでの甘々ぶりはなんだったのか？　と思うほどに豹変（ひょうへん）するだろう。

（朝人さんと楽しむための、プレイって……？）

亮はしばし考えて、気がついた。

そういえば、妙な想像を巡らしたことなどなかったと。

朝人が買い付けで、しばしのあいだ日本を離れたりするときなどには、右手のお世話にならないこともないが。そんなとき頭に浮かぶのは、朝人相手に経験したあれこれであって、勝手にシチュエーションを作ったりしたことはない。

女装だろうがなんだろうが、朝人は文句を言いつつも応えてくれるから、妄想を抱く必要がないのかもしれない。

存在自体がセックスシンボルのような朝人が、こうして腕の中にいる――それ以上の幸福など、どうやっても思い浮かばないのだ、亮には。

「やっぱり、いらない。あなたの瞳に俺が映っている。あなたが俺の腕の中にいる。それ以上の何を望めというんですか？」

「おまえ、欲がないのか？　想像力がないのか？」

「欲はあります。だから、あなたを手に入れる」

今はまだお試し期間だが、朝人のいちばんそばに、揺らぎのない場所を手に入れる——それは亮にとって、決して妄想などではない。必ずかなえるべき目標なのだ。

「いい子ちゃんだねぇ、ホントに。まあ、おまえが陣野を見習って、妄想プレイにでも走ったら、それこそすっぱり手を切ってやれるのに」

「妄想が入り込む余地がないほど、あなたがすばらしすぎるんです、朝人さん。よけいな刺激剤などなくても、俺は一生あなたに飽きることはありません」

「じゃあ、どうするよ、このお道具の数々？」

「ゴミの日に捨てるわけにもいかないし、焼却場に持っていかせますよ」

「ふーん、処分するくらいなら、誰かにやるか」

「こんなものを欲しがる人、いるんですか？」

陣野さん以外に、と眉をひそめる亮にキスを返しながら、触れあった唇のあいだから朝人は含み笑いで囁いた。

「二人ほど、心当たりがないでもない」

「また何か企(たくら)んでる目ですね」

「人聞きの悪い。親切心だって」

だが、朝人の親切がよけいなお世話でしかないことなど、亮も重々承知している。

無意味に人を引っ掻き回すのが、大好きな男なのだ。

（送られたほうは、さぞや迷惑だろうな）

そう思ったのも、ほんの一瞬のこと。朝人が与えてくれる濃厚な舌遣いと、官能的な流し目に、他人様の迷惑など知ったことかと、亮は存分に溺れていった。

偲遠・イザーク・オストワルト

日本がようやく鬱陶しい梅雨を抜けて、さらにうんざりする蒸し暑い夏へと向かうころ。

ヨーロッパの中部、街道をたどり谷間を抜けて、狼が住むという森へとわけ入った先、春が住むというフリューリングハイム城は、緑の匂いが満ちる清々しい大気の中にあった。

東洋と西洋が融和した美しさをたたえる城の主、金髪碧眼の王子マクシミリアン・フォン・ヴァイスエーデルシュタインのそばには、今日も変わらず忠実な執事が付き従っている。いや、見張っていると言ったほうがいいだろう。

「見てみろ、イザーク。斎木からのプレゼントだぞ」

マクシミリアンは届いたばかりの箱を開け、真珠を繋いだような二十センチほどの長さの物体を取り出し、茶目っ気たっぷりの笑みを浮かべながら、イザークに向けて振ってみせる。

執事たるもの、主人の前でとり乱してはいけない。どんな行為を目の当たりにしようと、常に冷静沈着に対処する——イザークにとって、習い性となっているはずなのに、返事をするまで一拍の間があいてしまった。

「……斎木様が、日本からそのようなものを？」

ウォルフヴァルト大公国の第三王子が手にするものとして、ふさわしいとは思えないそれは、イザークの知識に間違いがなければ、アナルバイブと呼ばれる代物だった。

「いや。大使館員があずかってきた。斎木でも、この手の代物を日本の税関を通して送るのは、面倒だったんだろう」

大使館員は外交特権があるから、出入国のさいも荷物を調べられることはない。ないのだが、誰が考えても、公人の手をわずらわせるほどのものでは、とうていない。

「他にも色々あるぞ。ビデオやゲームや……」

「性表現規制の厳しい日本からわざわざ運んでこなくても、こちらにはいくらでも無修正のものがありますでしょう」

「いや、日本のものはストーリーがしっかりしてる。ああ、これが面白そうだ。育成ゲームとあるが、日本ではゲイ物のゲームがあるんだな。やってみるか？」

「私が、ですか？」

「いっしょにやるんだ。イヤか？」

断れるものなら断りたい。

だが、マクシミリアンの言葉に逆らう術など、イザークにあろうはずもない。

雪の中で行き倒れそうになっていたところを拾ってもらった十二歳のときから、身も心もすべてはマクシミリアンのものなのだから。

「さあ、座って、座って」

イザークをソファに腰掛けさせるると、マクシミリアンはその膝を枕にするように寝そべって、実に怠惰（たいだ）な体勢でゲームを始めた。

「あまりお行儀がいいとは言えませんが」

「これがいちばんリラックスできる。ゲームなど気楽にやるものだろう。ああ、前髪が邪魔だ。掻き上げてくれ」

命じられるままに金糸の髪を撫で梳（す）けば、指先が白磁のごとき肌に触れる。

くすぐったがって身を捩（よじ）るマクシミリアンの動きが、イザークの太腿を刺激する。

（これは、新たな拷問だろうか……？）

この悪戯大好き王子は、天使の微笑みを浮かべながら、悪魔のような茶目っ気で、イザークの欲望を煽るようなことばかりなさる。

その上、目の前で繰り広げられるゲームの受キャラは、金髪碧眼で、どことなくマクシミリアンに似ていないこともない。

鬼畜な攻キャラに陥れられた没落貴族。絹の服を引き裂かれ、未踏の処女地を巨大な一物で犯される——あまりにパターンすぎて、イザーク的に萌えはない。

ヴァイスエーデルシュタイン家に仕えはじめたとき、まだ五歳の主であったマクシミリアンに、すでに邪な欲望を感じていた。微笑みに、白磁の肌に、木苺の唇に、柔らかな髪に魅せられて、妄想の世界で何度となく抱いた。

あらゆる人格、あらゆる場所、あらゆるシチュエーション。想像には、きりがない。昏く歪んだ世界へと落ち込んでいく想いを押し隠し、主の前では忠臣に徹する。それがイザークだった。

だが、妄想の世界で羽ばたくだけでは、罪にはならない。

三十歳になるまで、肉欲を宿した指で触れたことは一度としてなかった。

国のために身を捧げた人を貶めるようなまねは絶対にしないと、心に決めていた。

「で、どうだ、その気になったか？」

なのに、そんなイザークの気持ちも知らず——いや、知っていてわざとやっているのかもしれないが、マクシミリアンは暇にあかせてはイザークの忍耐力を試すのだ。

天使の笑顔で誘われて抵抗できるのは、あと何分？

情けないが、陥落は間近だ。

カウントダウンは、すでに始まった。

主人の望みとあらば従うしかない、なんてのは言い訳だ。

そもそも近づいてくる唇に逆らう術など、イザークにあろうはずがない。

「マクシミリアン様……」

呟いて、愛する人のそれを――熱を持ち、鼓動に満ち、好奇に溢れた身体を受け止める。

そうやって、想像ではない現実のマクシミリアンを、いったい何度この腕に抱いたか、それは誰にも言わない。

誰かに問われたら、舌を噛み切ってでも、秘密は守り通す。

高潔であるべき王子の尊厳のためなら、墓場まで持っていく。

――それは、夢より甘い、蜜のような秘密だった。

黒沢清治

高級住宅街として名高い、成城（せいじょう）。

二十階建てのマンションの最上階に、黒沢清治（くろさわせいじ）のプライベートルームはあった。

なんとかと煙は高いところに……の法則は、異母兄弟のあいだでも、健在。

角部屋というあたりが、ワンフロアを占領している陣野との違いだが、ようは器が小さいというだけなのだ。

（斎木の野郎、よけいなことを……！）

キングサイズのベッドの上、小さな恋人と久々の逢瀬を楽しむはずだった清治は、心の中で舌打ちしていた。

「だーかーらー、無駄にデカいんだって、それぇ！」

全国展開している『KSデパート』の社長という立場の男にとっては、実に久々の休日。

目に入れても痛くないほど可愛い恋人との逢瀬を楽しんでいたのだが、いざソファに押し倒し、挿入という段になったところで、ぐいぐいと両手で顔を押しのけられて、待てを言い渡されてしまった。

え？　こんな状態で待ったはむごいんじゃ、などという言いわけが通じる相手ではない。

三森家三男坊、我が儘いっぱいに育ったソラなのだから。

せめて終わってからにしてほしかったのだが、しゃべり出したら止まらない十六歳は、何度やっても慣れない挿入時の激痛にキレて、文句の牙を剝いたのだ。

ボルトとナットのサイズが、あまりに違いすぎると。

「ゲイさん達のサイトとか覗いてみたけど、男同士の場合、大きいのはいやがられるんだってさ。当たり前だよね。ケツの穴が耐えられるのは、本来の使用目的を考えれば、いいとこバナナの太さくらいだよ。それも皮剝き状態のね」

「皮剝き状態……」

呟きつつ清治は、自分の下肢に視線を落とす。

バナナに譬えるなら、そのへんのスーパーで売っているものより、かなり大振りだ。皮は立派に剝けているが、ソラが言っているのとは意味は大いに違うのだろう。

「ねえ、それ、もっと小さくするとかできない？」

「小さく、って……」

勝手に大きくなるのは男の本能ってヤツで、小さくするのは、愛しい少年を前にしては少々でなく難しい。

「手術とかでなんとかならない？　包茎なんかも治るんだし、真珠入れたりもできるんだから、もう一回りくらい小振りにすることもできるんじゃない？」

「……は……？」

「無理かな、やっぱ。デリケートな場所だし」

「そ、それは……」

せっかく『クロサワグループ』とは関係なく堂々と自慢できる数少ないものを――過去の恋人達が泣いて悦んだものを、機能低下のリスクを負ってまで、なぜわざわざ手術なんぞで小さくしなければいけないのだ。

「いくらなんでも、それは理不尽とか思わないかい？」

「にゃんでぇ？」

「そんな理由で、親からもらった身体にメスを入れるなんて、私の主義に反する」

「んじゃ、毎度毎度そのデカイの挿れられる俺の身体はどーでもいいの？　俺、痛いのっていっちゃん嫌いなんだよ。それとも清治さん、挿れるのはあきらめる？」

「本気で……言ってるのか？」

「愛があるなら、なんでもできるよね」

「………」

愛はある。あるつもりだが、それでも自慢の一物にメスを入れるなんて――いや、それ以前に、勝手に膨張するものを縮小させる手術なんて、本当にできるのか？

真剣に考え込んだところで、バンバンと肩を叩かれた。

「やだなー、もー、冗談だってばー」

「え……？」

「どれっくらい俺のこと想ってくれてるか、ちょっと試しちゃったぁー。マジで悩んでくれて、ちょー嬉しい」

にこぱ、と罪もなく笑うソラは、やはり先天性の小悪魔だと、清治はがくりとうなだれた。

好みのタイプは大和撫子（やまとなでしこ）だったのに、なぜ正反対のソラに引っかかってしまったのか？

いや、理由はわかっている、
これは、三森家の魔力だ。

可愛い顔に、意外ときつい性格のギャップが、男達を引きつけてやまないのだ。

トップに立つべく突き進んでいる男は、常に失墜（しっつい）の不安を抱えているがゆえに、三森家の兄弟の強さとあたたかさを必要とするのだろう。

陣野も竜樹も、それにやられた。

そしてまた清治も、ソラにノックアウトされた。

そのことを知る唯一の男、斎木朝人が、何を思ったのかいきなり送りつけてきた珍妙な荷物の中に、『花嫁特集』のタイトルのついたマンガがあった。

男同士でそれはなかろう、と思いつつぱらぱらとめくっていたら、花嫁の少年が裸エプロン姿で旦那様を出迎えるシーンが目に留まった。

『お帰りなさい、旦那様。なんだか疲れてるみたいだね。ご飯とお風呂、どっちが先？　それとも……僕？』

あまりにお決まりのセリフなのに、頭の中でソラの声に変換して読んでみたら、鼻血を吹くほど股間を直撃してしまった。

これはもう我慢ならん、と久々の逢瀬となる可愛い恋人をソファに押し倒したあげく、なんとも理不尽な責めを受ける羽目になってしまったわけだ。

自分の半分の歳でしかない、まだあどけない恋人を好みのままに育てる——まさに男の夢なのに、ソラは遊び半分で挑発するわりに、清治の望みとなるとちっとも聞いてくれない。

(してくれないだろうか？　エプロン姿で、お帰りなさい旦那様、って)

多くは望まない。たったそれだけだ。

「どしたの、清治さん？　続き、やんないのぉ？」

きょろん、と罪もなくまん丸な瞳で、清治の顔を見上げてくる。

ああ、なんてそそられる初々(ういうい)しさだ。

「……あのだね、言ってほしいことがあるんだが」

そう、『旦那様』でなくても『ダーリン』でもいい。

「何、何、言ってみ。聞くだけなら聞いてあげるよぉん」

カモーン、と指先でちょいちょいと招くソラだが、このお軽さが実は食わせもの。

（本当にただ聞くだけなんだろうな……）

では、と望みを言ったとたん、うわー、オヤジっぽい！　と爆笑されるのが関の山だろう。

エプロンをつけるだけなら、面白そうだからとノリノリでやりそうな気もするが、手料理なんぞとなれば、夢のまた夢。いや、それ以前に、料理とかしそうには見えない。

それでも、男にとっては願望なのだ。可愛い可愛い幼妻は。

「あのね、ソラ……」

そうして勇気を振り絞って告白した清治の夢がかなったかどうかは、またのちの話。

ミオさんを私にください〜ミオと陣野の明日へ編〜

1

さて、ことのはじまりは、新緑が眩しい五月も末のころ。

翌月にはジューンブライドなる、結婚ラッシュの月を控えている。

挙式を間近にひかえたカップル達は給料三カ月ぶんの指輪を光らせながら、式場巡りや、ウエディングドレス選びや、招待状や引き出物の準備やらと、期待に心躍らせながらも忙しい日々を送っているのだろう。

だが、六月の花嫁願望は、どうやら男女の場合だけではないらしい。

俺、三森ミオ、二十四歳。

奇妙な縁で結ばれた陣野一臣と、同性の禁忌を越えて夫婦になって、一年と五カ月あまり。

ラブラブの日々は、一歩間違えればストーカーになりかねない変態旦那様の執着愛のおかげで、鬱陶しいほど濃厚に続いている。

「じゃあ、ミオ、行ってくるよ。——ああ、しかし残念だ。愛しい新妻を置いて、今日も独り寂しく仕事に向かうなんて」

新妻の定義が結婚何年目までなのか、俺は知らないが、陣野にとって、一年五カ月はまだまだ新婚らしい。

宝飾専門店『ジュエリー陣野』のオーナーとしての立場上、どんなにいちゃいちゃしたい気分のときでも最後は渋々顔で出勤してくれるから、それだけは助かる。

「ああ、ずいぶん陽が眩しくなってきたね。ジューンブライドフェアの準備が忙しくて、今夜も少し遅くなるかもしれない」

ガラスカーテンウォールの外壁越しに、晴れ渡った空を見はるかして、陣野が不満げに呟く。

「うん、わかった。夕食はスタミナがつきそうなもの作っておくね」

「まったく、毎年この時期になると、女性が六月の花嫁にどれほどあこがれているのか、再認識させられるよ」

わざとらしくそんな言葉を残して、エレベーターの中に消えていく。

「さて、後片づけしちゃおう。——天気がいいから、布団とかも干しちゃうかな」

陣野を送り出した俺は、さっそく主夫の仕事にとりかかる。

ベランダに物を干すことはできないけど、陽当たりのいい部屋に羽布団を広げておくだけで、ほわんほわんのぬくぬくになる。

エプロンをつけて腕まくりをしたとき、カウンターテーブルの上に置かれていた物が、目に入った。どこぞのホテルの結婚式用パンフレットだ。

「はあ……。毎日のように、これ見よがしに置いてあるって、どうよ?」

置いたのはむろん陣野で、結婚式がしたい! との俺への無言の圧力だ。

ジューンブライドフェアに文句を垂れながら、陣野こそが誰よりも、それにあこがれているのかもしれない。

今までに何度となく疑似結婚式を挙げているのに、招待客に祝福されてのチャペルでの挙式ができないかと、チャンスをうかがっているのだ。

「あいつって、意外とイベント好きだからな」

俺はといえば、期待に応えられなくて申し訳ないんだが、男として当たり前のことで、花嫁願望などさらさらない。

だいたい陣野がジューンブライドなんかにこだわる理由の大半は、俺のウエディングドレス姿をたっぷり堪能したい——ついでに、何度目かになる初夜ゴッコを楽しみたいからで、そんなことに無駄な出費をする必要なんて、俺は微塵も感じない。

「だいたい、出逢いからして結婚式じゃないか」

とはいえ、俺にとっては『身代わり花嫁』っていうお仕事だったわけで、偽りから始まっただけに、どれほど誓いあっても、陣野は俺をすっかり手に入れた気にはなれないようだ。

カレンダーがまっ赤になるほどにつけられた丸印の記念日の数々や、あられもないコスプレゴッコで、いつも俺の気持ちを試そうとする。

まあ、純粋に楽しんでる部分もあるのはわかってるんだけど、俺としては、試されている感が拭えないのがちょっと不満というか——まあ、贅沢な悩みなんだけどね。

「けど、結婚式なんて、そんな何度もするもんじゃないよな。ウエディングドレスバージョンも、和洋折衷バージョンもやったし、あと残ってるのは、白無垢くらいか……」

うーん、いくら陣野を満足させるためとはいえ、さすがにそれは遠慮したい。

その上、前世紀の遺物のようなドハデでバブリーな挙式を目指しているらしいのが、パンフレットの付箋が貼られたページを見ると、丸わかりなんだよな。

とはいえ、招待できる客の顔ぶれは、推して知るべしだ。

陣野の、高校時代から続く腐れ縁の悪友、宝石鑑定士の斎木朝人。

彼の恋人で『支倉都市開発』グループの御曹司、支倉亮。

三森家の兄弟、正実兄貴と弟のソラ――その二人の恋人もまたどちらも同性だけど、陣野には宿敵だから、招待する気は微塵もないはず。

仕事上の付き合いのあるヴァイスエーデルシュタイン家の面々の中で、はるばる中欧から駆けつけてくれるのは、第三王子のマクシミリアンと、執事のイザークくらいだろう。

指折り数えて十人までいかないのだから、陣野の望みの華やかな挙式にはなりようがない。

「まず、セレブ御用達のホテルで結婚式ってのが、俺の趣味じゃないんだよね」

キャンドルサービスだの、シャンパンタワーだの、披露宴に何百万もかけるのって、もう時代遅れだと思うんだけど、それも庶民の俺の感覚なんだろうか。

「図体はデカイしヤクザ面のくせに、意外と乙女なところがあるんだよな、あいつって。なんか不気味……いや、不思議だよな」

しばし、とりとめもなくパンフレットをめくっていた俺だけど、ふと新郎新婦から両親への花束贈呈の写真を目に留めて、知らずにため息をこぼしてしまう。

「違うか……。結婚式がどうこうじゃないんだ。一臣さんがこだわってるのは」

陣野には家族がいない。

ホステスをしていた母親は、荒れた生活の中で、肝臓を患(わずら)って亡くなったという。

陣野曰(いわ)くの精子提供者である父親は、今は参議院議員の末席に身を置く男、黒沢一徳(くろさわいっとく)。経済界から政界へと野望を広げているくらいご健勝なのだが、陣野を認知すらしていない。

つまり、陣野は、いわゆる愛人の息子という立場なのだ。

腹違いの兄の黒沢清治(せいじ)は、『KSデパート』の社長で、こちらとも長年の確執があったのだが、最近、俺の弟のソラといい仲になってしまったから、少々の歩み寄りがなくもない。

それでも、祖父母を含めて八人家族の大所帯で、自他共にグラデーション兄弟と認めるよく似た男三人と末っ子の妹との、ときにはおやつゲットバトルを繰り広げながらも和気藹々(あいあい)と育った俺とは、家庭環境があまりに違いすぎる。

「本当の意味の家族が、欲しいんだろうな……」

その孤独な境遇(きょうぐう)ゆえに、陣野のほうは、たとえ結婚相手が男であろうと反対する者もいない。

でも、俺のほうは、そうはいかない。

「やっぱ、問題は、ウチの家族だよなぁ……」

熱血教師の親父を筆頭に、面倒見のいい母親と、昭和のノリを引きずった実に平凡な一家だ。

正実兄貴と弟のソラは、それぞれに同性の恋人がいるから、ひっそりと同盟を組めるかもしれないし、末の優子(ゆうこ)は十五歳のくせに我が家でもっとも冷静だったりするから、心配はないんだが、親父とお袋の猛反対はさけられまい。

「何より……祖父ちゃんと祖母ちゃんがなぁ」

祖父母の世代にとって、同性婚なんて理解する以前に、何それ？　だろう。

「一臣さんのこと、家族に告白できる日なんか、くるのかな？」

似たような立場の、正実兄貴やソラは、どうするつもりなのか。

兄貴は長男気質だから、たとえ同性の恋人ができたって、家を放り出すなんてありえない。

ソラは生来の調子のよさで、周囲を煙に巻きながら、なんとなく黒沢さんとの恋人生活を続けていくような気もしなくはないけど。意外と呆気なく、倍ほどの歳の恋人に飽きてしまうかもしれない。

どのみち、四人兄弟のうちの男三人が同性の恋人持ちだなんて、簡単に両親に告白できることじゃない。

「カムアウトなんかしたら……親父、ぶち切れるよな。最悪、兄貴に家を押しつけて、俺が逃げ出すってことになるかも。うわー、卑怯」

血の繋がった大家族。

いつ顔を出してもにぎやかな家。

生まれたときから当然のようにあったものを、本当に手放すことができるのか——愛する人のためにすべてを捨てられるのか、それが俺の目下の最大の悩みなのだ。

「まあ、陣野の境遇を考えれば、俺の悩みなんて贅沢すぎるよな……」

だから、うっかり陣野に相談することもできない。

そうやって、つらつらと家族へと思いを馳(は)せているまさにそのとき、我が家にはとんでもない客が訪れていたのだ。

その日の夕方、俺がいつものように買い物から帰ってきたとき、マンションの前に意外な人物が待ち受けていた。

「あれ？　兄貴じゃん……」

三森家の長男、二歳年上の正実兄貴だ。

九時から五時の公務員だから、仕事をさぼってきたわけではないだろうが、連絡もなしに押しかけてくるのは珍しい。長男気質丸出しに、俺のお気楽な人生に干渉していた以前ならともかく、昨今は共通の秘密ができたせいで、以前よりマメにメールのやりとりなんかもしてるのに。

「何、俺に用？」

「うん、ちょっと話ってか、相談があるんだ。陣野さんが帰ってくる前に……」

陣野にはないしょにしたいらしい。

それだけで、誰に関する話なのか想像がつく。

たぶん、あのデカくて、ウザくて、面倒なだけの兄貴のペットが、また何かしでかしてくれたんだろう。

ペットといっても犬猫ではない。なんと龍だ。とはいえ、架空の生きものをペットにできるわけがない――いや、そのほうがずっとマシだったと思うほど、やっかいな男だ。

ともあれ、立ち話ではなんだからと、兄貴を中へと誘う。

ただでさえ真面目がスーツを着ているような兄貴が、いつも以上に緊張した表情で広すぎるリビングのソファに腰掛けて、ため息をつく。

なんだか、ヤバそうな予感がする。

「はい、紅茶ね。そして、お茶請けは動物クッキーでーす。俺が焼いたんだぜ。――あ、黒いのは焦がしたんじゃないから。狸（たぬき）と熊だからね。一臣さんがめっちゃ喜んでた」

俺はわざと明るく、紅茶とクッキーを兄貴の前に差し出した。

「へえ。陣野さん、こういうの好きなんだ。意外……」

「てゆーかさ、あの人、動物クッキーの存在すら知らなかった。初めて作ったときは、どれから食べるかで五分ほど考え込んでたよ」

「ふうん……」

曖昧（あいまい）な相槌（あいづち）を打ちながらクッキーを眺める兄貴の最大の悩みどころは、どれを選ぶかではなく、どうやって話を切り出すかのようだ。

「今のいちばんの悩みどころは、頭から食べるか尻尾から食べるか、なんだってさ。――でさあ、話って、何？　また竜樹が何かした、とか？」

対面のイスに腰を下ろしながら、俺のほうから話の口火を切る。

一瞬、ギクリと顔色を変えたところを見ると、大当たりだったようだ。

九曜竜樹（くようりゅうじゅ）——それが兄貴の、恋人兼ペットの名前だ。

宝石ディーラー九曜一族の三男坊。その上、祖父はインドの大富豪とかで、当人もナーガルジュナ・カーンというインド名を持っている。

ヒンドゥーの神シヴァの加護を受け、額に第三の目を持っているがために——俺には黒子（ほくろ）か痣にしか見えないんだが——神聖な存在として奉られて育ってしまった、超俺様男だ。

そいつが、学生時代から陣野を勝手にライバル視していたおかげで、俺は散々な目にあった。

記憶喪失にさせられたり、帆船で誘拐されたり、船室に閉じ込められたり——ああ、思い出したくもない。

たぶん、陣野に対する感情は、同族嫌悪なんだろう。それに、陣野だって自分を棚に上げて、他人の性格をどうこう言えるやつじゃない。

どっちもどっちとは思うんだけど、単なるタカビーならともかく、自分をシヴァ神の遣いと信じきってる唯我独尊（ゆいがどくそん）男となると、俺にはまったく理解不能だ。

それでも、真面目人間の正実兄貴に、往復ビンタつきの活を入れられて以来、ちょっとは性根を入れ替えたようだが、俺としてはあんまりお近づきになりたくないタイプの男なのだ。

だがしかし、世の中、趣味というのは色々で。正実兄貴の目には、竜樹が、ただ躾（しつ）けのなってないデカイ捨て犬に見えるらしい。おかげで、すっかりなつかれたあげく、今は同居までしているのだから、驚きだ。

「最近は少しおとなしくなったと思ってたのに、またあいつ、何かしでかしたの？」

「……うん……」

ぽつり、と呟いた兄貴は、ぽそぽそとクマさんクッキーをかじるだけで、いっこうに話を進めようとしない。戸惑ったような目で、俺を見ては逸らす、を続けている。

「ま、何があったにせよ、竜樹なんかを拾っちゃったのが、運の尽きなんだよ」

俺は、散々繰り返してきたことを、また口にする。

捨てられた生きものを放っておけないって気持ちはわかるし、拾ったものは最期まで世話をするっていうのも、いい心がけだとは思うが。とはいえそれが、暇さえあれば飼い主に欲情する、龍の誇りより蛇の邪念が勝る竜樹となれば、話は別。

無駄に責任感の強い兄貴に、いつまで飼ってるつもりだ？　と何度も忠告しているけど、捨てる気配はさらさらない。

まあ、どこに捨てても、帰ってくるだけの知能も財力もあるし、それ以前に、正実兄貴が住んでいるのは竜樹のマンションなのだから、捨てると同時に即逃亡という綿密な計画を練らないと、完璧に縁を切るのは無理だろう。

「逃げるんなら手を貸すよ。斎木さんに偽造パスポートとか作ってもらって、海外にトンズラでもしないと、難しいとは思うけどさ」

「いや……、ま、待てよ。なんで逃げる話になるんだ？」

「違うの？　だって、兄貴が俺に相談なんて、他に何があんのさ？」

「むしろ、逆……」

小さく呟くと、兄貴は耳まで真っ赤にして、告げたんだ。

「――竜樹が、僕と結婚したい……って、しつこいんだ」

「はあ……？」

珍妙な言葉を聞いて、俺はかじっていたキツネの尻尾をぽろりと落とした。

「結婚……って、あれ、男女が教会で生涯を誓う、あの結婚？」

「そ、そこまでくどく確認しないとわからないのか？　おまえと陣野さんは、いきなり結婚式から始めたくせに」

「やー、俺のは宣伝ってか……百億円のウエディングドレスがメインで、俺はおまけだったから。そのあと、ウォルフヴァルト大公国で式を挙げてきたけど、あそこは同性婚が許されているし。けど、竜樹の宗派で同性の結婚って、できるっけ？」

「いや、だめだね。祖父がムスリムだけど、当人はシヴァ神の印があるとかでヒンドゥー教徒として育てられて、今は九曜家の裏の顔である密教系の教主様って、あれこれ宗派が入り乱れてるけど、どっちにしろ同性婚は無理だよ」

「だよね……。一臣さんが結婚にあこがれるのとは、わけが違うんだよな、竜樹の場合」

「けど、ほら、この季節になると、ブライダル系のＣＭが多くなるだろう。なんか、それに触発されちゃったみたいで。――以前は、テレビとか観たことがなかったっていうか、興味もなかったんだろうけど、僕と暮らすようになって、色々と俗っぽくなってきちゃってさ」

「へぇぇー」

「でさ、『グランドオーシャンシップ東京』ってホテルの、バラ園の中のチャペルで、結婚式から披露宴までリーズナブルにできるって宣伝に、すっかりハマっちゃって」

なんだか、ウチの陣野と同じようなこと、言ってるなぁ。

それにしても、シヴァ神の目を持つ神秘の男が、ジューンブライドのＣＭに釘付けになっている図は、さすがに想像できない。

「そのホテルの結婚式って、知ってる。このパンフのだろう」

俺は、陣野がこれ見よがしに置いていったパンフレットを、差し出した。

「けど、竜樹ほどの超金持ちが、なんでリーズナブルなのにあこがれてるの？」

竜樹のリッチ度を端的に表すなら、まず帆船を所有してること。そして、島を丸々ひとつ持ってるってことだろう。兄貴に聞いたところによると、亜熱帯の植物に溢れた庭には、等身大の象のフィギュアが置いてあったり、虎を何匹も放し飼いにしてるらしい。

「陣野さんが動物クッキーを珍しがるのと、同じ感覚じゃないかな。したことがないから、余計に興味が湧くって感じ。それに、僕が一般人の感覚を身につけさせるために、無駄遣いはするな、って忠告してるせいもあるんだろうけど」

「ああ……。じゃあ、少しは進歩してるんだ」

どうやら正実兄貴の教育もまんざら無駄ではないようだが、いくら一般人の感覚を身につけるといっても、安けりゃいいってわけじゃない。同性婚って、根本的なところが間違ってるぞ。

「俺はさ、なし崩しに一臣さんとこうなっちゃったけど。兄貴……マジなところ、竜樹と結婚してもいいって、少しでも思ってる？」

「それ以前に、僕の常識では、同性間の婚姻はありえない。――そりゃあ、世界には同性婚を法的に認めてる国があるし、日本も少しずつそっちに向かってるのかもしれないけど、俺には男同士が結婚する意味がわからないんだ」

「だよねー」

俺と陣野は、なりゆきでの身代わり結婚だったけど、そのあとの山あり谷ありは、それはすさまじいものだった。それまでの人生がひっくり返るほどの経験を、いやと言うほど味わわされて、俺は考えを改めた。

ありきたりな一青年でいることは、放棄しようと。

なんだかんだ言っても、陣野と知りあってからのジェットコースター人生のほうが、それまでの平々凡々とした毎日より、ずっとスリリングで、そしてすばらしかったから。

もう何がおきようと驚かないぞ、と最近ではすっかり開き直ったつもりだったのに。

「兄貴が、竜樹と結婚……？」

――なんか、いやだ。すさまじくいやだ。

常識が服を着て歩いてるような兄貴が、竜樹からの申し出に困惑しつつも、一刀両断せずに、こうして俺にまで相談しにくるのは、やはり何か間違っている気がする。

自分のことをすっかり棚上げして、長男には両親が喜ぶ結婚をして、家を継いでもらいたいと望むのは、我が儘だとはわかっている。

わかっているけど、いやなものはいやだ。

「だめだ、俺、想像できねえ……。そりゃあ、俺と一臣さんも結婚式は挙げたけど、同じことを竜樹と兄貴で考えたら、鳥肌もんだ」

「僕だって、ウエディングドレスを着てる自分なんて、想像するのもいやだし。やっぱり男同士で結婚する意味が理解できないよ。子供ができるわけでもないのに」

「よかったぁ……。兄貴の常識が、まだちゃんと機能してて」

「いちばんの問題は……竜樹が言う結婚って、二人でいっしょに暮らすことじゃなくて、三森家の一員として認められることなんだ」

「三森家の、一員って……？」

なんだ、それこそ意味不明。

「ペットとしてとか？　まあ、蛇は昔から家を守るとかゆーから……」

「あれをペットとしてウチに置けるか。ようは、親父やお袋に自分の存在を認めてほしいんだ」

「あ、それ無理！」

そのことに関しては、俺のほうがずっと先輩だ。

「絶対無理！　俺だってずっと、どうやってカミングアウトするか考えてきたんだ。けど、祖父ちゃんと祖母ちゃんがいる以上、うかつに口に出すこともできないって」

「そうなんだけど……。竜樹って、いったんこうと決めると、周到っていうか、緻密(ちみつ)っていうか。

じっくり外堀から埋めてって、結局は自分の望むようにしちゃうやつだから」

「外堀って、俺とかソラとか？　まあ、俺とソラは、兄貴と竜樹のことも、無下に反対できない立場だし。優子はイマドキの女子高生だから、けっこう許容範囲は広そうだけど……」

でも、両親と祖父母は、どんな搦め手を使おうと、そう簡単に攻め込めやしない。

「……それが……」

兄貴は、ぽつりと呟いて、上目遣いに俺をうかがった。

「実は……もう家に行ってきちゃったんだ。竜樹も同居人ってことで、紹介してきた」

一瞬の思考停止のあと、俺は思いっきり素っ頓狂な声をあげてしまった。

「はぁぁ――――……!?」

家に行ってきた？　竜樹を紹介した？　なんだ、それはー!?

「家って、ウチのこと？　マ、マジで、それっ？」

「うん……。親父は仕事でいなかったけど、祖父ちゃんと祖母ちゃんとお袋に、挨拶してきた」

「う、嘘っ……!?」

これが驚かずにいられようか。

俺ですら、ショックを与えてはいけないから、他の誰にバレても祖父母にだけは秘密にしておかなきゃ、と思っているのに、外堀を埋める前にいきなり天守閣に特攻か。

黒髪長髪の竜樹は、外見からしてかなり異様だ。

他人の意志を操る力を持つ、鋭い眦はとみに印象的だ。

そして、何より、シヴァ神の第三の目を彷彿とさせる、眉間の黒子。

一九〇近い身長で、常にクルタパジャマに身を包んでいるあの姿で我が家の玄関をくぐったら、それだけで家族は目を丸くするだろうし、ご近所さんは総出で見物にくるぞ。

というか、昭和のレトロ感を引きずっている、つまりは、かなりガタのきてる築三十五年の木造二階建ての我が家に、竜樹がいる図が想像できない。

「そ、それで、祖父ちゃんと祖母ちゃんに、竜樹のこと恋人って紹介しちゃったのか？」

「だから、いきなりそんな話はしなかったよ。攻めどころが違うんだ。——竜樹って怪しい密教の教祖様だけど、表向きは、伝統のある寺の跡継ぎなんだ」

「あー？」

そうか、と俺は、祖父母の趣味を思い出した。

「祖父ちゃんと祖母ちゃん、よく寺巡りとかしてるっけ」

「そう。一応、歳相応に信心深いだろう。で、竜樹はそっち関係のプロじゃん。仏教はもともとインドが発祥地だし。何を話しても詳しいから、祖父ちゃんも祖母ちゃんも、イマドキの若いもんにしてはまっとうな話ができる、って、すっかり竜樹のこと気に入っちゃって……」

「マダムキラーどころか、爺婆(じじばば)に人気の男、ってか？」

「そういうこと。——その上で、人生の半分はインドで暮らしていたから、日本の常識にうといこの先も僕と同居の中で色々と学びたい、ってあたりを強調したわけだ」

「き、きったねぇー！　そんな手に出やがったか！」

確かに、昨今、仏教に詳しい若者なんてそうはいない。けど、竜樹は、インドから日本へ伝わった歴史はむろん、寺院や仏像の由来の数々まで、そんじょそこらの学者より詳しいはず。

「で、少なくとも僕と竜樹の同居に関しては、いい影響を受けるだろうからって、諸手(もろて)を挙げて賛成してくれたんだ」

「うぬぬー！　そっちから攻めるとは……、さ、さすがに腹黒さナンバーワン！」

俺だって陣野と同居はしてるけど、それはハウスキーパーという名目でだ。あくまで仕事としてなのに。けど、竜樹はいともあっさり、兄貴の同居人の地位を得てしまったのだ。

なんかヤバイ予感が、じわじわと胸に広がってくる。

俺は兄貴と違って、もともと両親にも祖父母にも、あまり期待されていない。

自慢できる特技があるわけでもないし、将来の夢なんてのもなかった。就活にも熱心になれず、就職情報誌の隅っこの広告欄に、『猫の手商会』なるなんでも屋の名を見つけて、ちょっと面白そう、と短絡的に決めてしまったくらいだ。

当然、家族も呆気にとられたようだったが。

――正実と違って、ミオはそういう子だから、まっとうな仕事は無理だと思ってた……。

と、そんなふうに納得されてしまうのが、我が家での俺の立ち位置なんだ。

しっかり者の長男がいるおかげで、放っておいてもらえる気楽な次男坊。

だが、好き勝手にやってきたぶん、当然、ツケも回ってくる。

つまり、何を言っても、あまり信用してもらえないってことだ。

兄貴が連れていく友人は歓迎されるが、俺が連れていく友人は、なんだこいつは？　と胡散臭がられる。もしも俺が陣野を家に連れていったとしても、兄貴が竜樹を同居人として紹介したときのような反応は、期待できないだろう。

だいたい、雇用主でしかない陣野を友人あつかいしたら、お偉い方を相手に何をわけのわからないことを言ってるんだ、と呆れられるのが関の山だ。

本当におまえは変わった子だな、と苦笑いされて終了だ。

「く、くそぅ……！　一歩、出遅れたぁー！」

驚きと悔しさに震える俺に、兄貴がすまなそうに、ごめん、と頭を下げる。

「――そんなわけで、竜樹の得意分野が役に立ったってだけなのに、同居が家族に認めてもらえたってことで、陣野さんに勝った、とかって喜んじゃってるんだ」

「な、なんだよ、それぇ……？」

悔しい……！　悔しい！

誰よりも先に、俺は陣野と暮らしはじめた。

兄貴が竜樹と出逢うより、ソラが黒沢さんと出逢うより先に、俺が陣野と……。

なのに、兄貴に負けた。負けてしまった。

一年五ヶ月もいっしょに暮らしながら、雇用主以外の名称で陣野を家族に語ることができず、悶々としてきた。

なのに、その高い障壁を、兄貴はこんなにも簡単にクリアしてしまった。

「——怒ってるよな、ミオ？」

ひどくすまなそうに、兄貴が問いかけてくる。

そう、兄貴にはわかるんだ。俺が悔しがっていること。狭い、って思ってること。

いつもそうだった。兄貴は優等生で、勉強もできて、責任感もあって、だから間違ったことはしない。俺と違って、兄貴は何をしても認められる——それはあまりに当然のことで、腹立たしく感じたことすらなかったのに。

でも、これだけはイヤだ。

これだけは先を越されたくなかった。

「……ちく、しょうっ……！」

ギリリ、と歯噛みする俺の屈辱(くつじょく)をわかった上で、兄貴は大真面目につけ加える。

「でも、僕が竜樹と同居しているのは、あくまで友人としてだ。ルームシェアにすぎない。それ以上のことは僕にはできないし、する気もない。あいつは、目指せ結婚だ、とか一人で浮かれているけど、僕にはその感覚は理解できない」

「兄貴のは……恋愛感情じゃないの？」

「うーん。——正直、それを訊かれると、困る。僕の常識の範(はん)ちゅうじゃないから……」

「未だに、拾ったワンコ以上の存在にはならないの？　いっしょに暮らして、一応、色々とやることやってるんだろう」

「ま、まあ……、それは、ね」

もともとシモネタが苦手な兄貴は、こういう話になると、まっ赤になってうつむいてしまう。

でも、その態度自体が、もう竜樹を特別に思ってる証拠なんだけど、兄貴の中にがんと根づいている常識が、それを認めるのを拒否するのだろう。

「でも、竜樹がどう思おうと、僕には同性婚は理解できない。拾ったからには面倒は見るつもりでいるけど、僕だって長男である以上、いずれは三森家を継ぐために戻らなきゃならないし」

「そ、それ……竜樹と別れるってこと……？」

「んー。っていうか、竜樹の僕への執着が、何十年も続くとは思えないじゃん。それを言ったら、おまえと陣野さんもだけど、男同士でジジイになるまでいっしょに暮らせるか？」

「え……？」

「僕もおまえも顔はいいけど、いつまでも可愛いままじゃいられない。四十か五十か、いい歳になってまで、今の関係が続くとは思えない。せいぜいが十年ってところじゃないか？」

さすが、沈思黙考型超リアリスト。ジジイになるまで、って先々のことを考えすぎ。

「だから、竜樹が何か言ってきても、あまり気にしないでほしいんだ。特に、陣野さんが竜樹の行動に触発されて、おまえとの関係を親父達に認めてもらおう、って先走るのがいちばん困る。そこのところを、ちゃんと言い含めてやってくれないか」

「それは、わかってるけど……。兄貴、マジで竜樹とは、今だけとか思ってる？」

「んー、どうだろうね？」

戸惑ったように首を傾げ、兄貴は紅茶のカップを口に運ぶ。こくりと喉を潤して告げる。

「実は、僕にもよくわからないんだ。だいたい、竜樹って飽きっぽそうじゃないか。熱しやすく冷めやすいっていうか……。それに、竜樹が執着し続けるほどの魅力は、僕にはないし」

「それ……マジで言ってる？」

「え？　だって、たかが市役所勤務の公務員だぜ」

あははー、と卑下するほどの深刻さもなく、当然のこととして、兄貴は笑う。

危機感皆無のその顔が、竜樹とは対極だからこそ、よけいにあいつの好奇心をそそるんだってこと、わかってないんだろうな、兄貴は。

「それに、本当のところ、男同士の恋愛ってのがやっぱりどこかピンとこないんだ、僕には」

そして、これもまた兄貴の本音に違いない。本当に、わからないんだ。

俺は、次男坊の気楽さで、どこか道草を食ったような人生を送ってきたし、常識だけでは解決しないこともあるって、気づいてもいた。

けど、兄貴は違う。

常に優等生然とした、まっすぐな道を歩いてきた。

両親が望むように、周囲の期待を裏切らず、それが兄貴にとってももっとも納得のいく生き方で、この先も、根本的な価値観が変わることはないだろう。

だって、それこそが三森正実の個性なんだから。

どれほど竜樹が望もうと、男同士で結婚という感覚は、受け入れ難いはず。

――とはいえ、確実に竜樹は、三森家に入り込んでいる。

兄貴は、飽きっぽい、と言い捨てたけど。俺から見れば、竜樹ほど執念深い男はいない。陣野も蛇男と呼んでいるくらいで、いったんこれと思い込んだら、あとには引かない粘つくようなしつこさがある。

同性婚って、常識人の兄貴にはピンとこなくても、たぶん竜樹のほうは大真面目だ。外堀どころか、一気に天守閣に踏み込んだからには、あとには引くまい。じわりじわりと、三森家に居場所を作っていく気だ。

——ああ、超ヤバイって、それ……。

俺がうだうだと陣野との関係を言いあぐねているあいだに、竜樹が三森家に居場所を得てしまうという、最悪のシナリオが頭に浮かんで、ひやりと冷たい汗が背中を伝った。

2

肌を這い回る、熱い指先。ねっとりと乳首に絡まる、舌の感触。

陣野の愛撫にすっかり馴染んだ身体は、今夜も欲情に火照っていく。

「……ん、うんっ……」

いつもながら、自分のものとは思えない甘ったるい喘ぎが鼓膜を震わせるたびに、羞恥とともに体内の熱もまた上がっていく。

だが、今夜は、身体ほどには気持ちが追いつかない。

兄貴から聞かされた竜樹の一件が、心に引っかかって、快感に溺れきることができない。

ピシャッ、と濡れた音が聞こえて、俺の肌を味わっていた唇が名残惜しげに離れていく。

「どうした?」

甘い低音に問われて、俺は瞼を押し上げる。クリアになった視界いっぱいに、俺を覗き込んでいる陣野の顔があった。

いつもはきれいに撫でつけられている前髪が、今さっきまでの行為でわずかに乱れて、額に垂れ落ちている。普段の紳士面とはひと味違う野性味をかもし出す――セックスの最中の、こういう表情が男の色香に溢れて、俺の目を釘付けにする。

唾液に濡れた肉厚の唇が、わずかに開く。

「なんだか、心ここにあらずだね」

「え……？」

「何か気になることでもあるのかな？　反応がいつもより鈍いようだが」

二人だけの愛の時間——甘さの陰に潜(ひそ)むように小さな不安が紛れ込んでいたことに、俺の身体に関してなら俺より詳しい男は、気づいてしまったようだ。

「ご、ごめん……ちょっと考え事を……」

「ほうー。私といっしょにベッドにいるのに、他のことを考えているとは許せんな」

ずっしり、と伸しかかってきた陣野の熱塊が、俺の双丘の狭間(はざま)に押し当てられた。その凶悪な感触に、全身が期待とも不安ともしれぬ予感に戦慄(わなな)く。

平然とした表情をしながらも、身体は常以上に熱く燃えているらしい。

いいお仕置きの材料ができたとばかりに、嬉々(きき)として挿入の態勢に入っている男の厚い胸板を、俺は慌てて押しとどめる。

「ちょ、ちょっと待って……」

「ん？　何か言い訳があるのかな？　聞いてやらないこともないが」

「えーと……そ、そう。あんたがしつこく結婚式場のパンフレットなんか置いてるから、つい頭がそっちに向いちゃったんだよ」

口ごもりつつ、陣野の好奇心を掻き立てそうなことを、絞り出す。

「おや、それは嬉しい。ジューンブライドに興味が出たのか」

「……けど、ちらーっと頭に浮かんだ程度だからね」

「うんうん、どのあたりが？」

「そ、そうだな……。お色直しのドレスは、初夏っぽく、ピンクよりもグリーンかブルーがいいかなー、とか」

「ピンクだ！」

って、おい、即答かよ。

「だから、まだなんとなく、って……。つーかさ、やっぱピンクはヤなんだって」

「ピンクだ。きみの肌にいちばん合うのは、なんといってもピンクだ。パニエを何重にも重ねて、肩から胸元にかけてひらひらのレースで飾る。もちろんランジェリーもすべて女物だ」

いや、あんたの願望は聞かなくたって知ってるから。男っぷりのいい顔をでろでろに緩ませて、ピンクだのパニエだのレースだの言わないでくれ。マジでちょっとサブイボ状態だよ、俺。

なのに陣野は、すばらしいことを思い出したとばかりに、満面の笑みを浮かべるんだ。

「ああ、そうだ。その気になったところで、試しに着てみるかい。お色直しのドレス」

「はい……？」

なんのことかな？　と俺が唖然としているあいだに、陣野は姿を消した。速攻で戻ってきた腕には、ふんわりたっぷりのピンクのドレスが抱えられているじゃないか。

「さあー、着てみようか」

ずい、と目の前に突き出されて、俺はしばし言葉をなくす。

帰ってきたときに、ドレス用の包装箱なんて持っていなかった。てことは、もともとこの部屋のどこかに置いてあったわけで。

「あんた、こんなに目立つ物をどこに隠してるんだ？　俺、このフロア全体を掃除してるんだぜ。ウォークインクロゼットの中だって、隅から隅まで……」

俺は自慢じゃないけど、けっこう有能なハウスキーパーだと思っている。その俺の目をかいくぐって、いったいどこに隠してあるのか知らないが、陣野はマジシャンのように、こうやって変装グッズを出してくる。

宝飾品の類なら、陣野の部屋の金庫にしまってあるから、まだわかるのだが。

コスプレ衣装はもとより、東京のマンションの一室を常夏（とこなつ）の島に変えてしまうビーチパラソルやらラグマットやデッキチェアなどというアウトドアグッズまで、いったいどこから？　と毎度毎度驚かされるばかりだ。

「あのさ、マジで不思議なんだけど。どこに隠してるんだよ、こんなもん……？」

などと、呑気（のんき）に質問してる場合じゃない。

そうしているあいだにも、変態コスプレ大王の器用な両手は、ピンクのフリフリレースのドレス一式を俺に着せつけているんだから。

でも、ずっと抱いてきた疑問への興味は、増すばかりだ。

この機を逃したら、きっと陣野はしらばっくれる。今しかないと、色目全開で問いかける。

「ね、一臣さん、俺達のあいだで、秘密ってないよね。夫婦は一心同体だろ？」

「ふ……。それを言われると弱いな。実は、きみの知らない隠し部屋があるんだよ」

よほど自分の思惑が当たったのが嬉しいのか、初めて陣野が秘密を口にした。

「隠し部屋、って、どこにそんなもんが……？」

「これだけ広いフロアだ。緊急避難部屋のひとつくらいあるさ。なんのためにセキュリティー重視のマンションを選んだと思っているんだい」

「なんか、映画にあったよね。パニックルーム……だっけ？」

そう、ミステリーなどではけっこうお約束だ。本棚がギギーッと開いて、その奥に館の主人しか知らない秘密の部屋がある。

「まあ、そのようなものだね。緊急避難のためというより、大型の金庫のようなものだがね」

「えー？　そんなのがあるなんて、なんで教えてくれなかったんだよ」

「最初のころは、まだきみを信用しきれてなかった。――途中からは、きみの性格上、場所を教えたら、中身の半分は不要と断じるだろうと思ったのでね。せっかく集めた衣装の数々を、着てもらわないうちに捨てられたら、たまったものではない」

「ふざけんなよ、それはこっちのセリフだ！　何かっちゃあ、着せ替え人形にされる俺のほうが、たまったもんじゃねーよ！」

などと叫んだときには、すっかり俺は、バースデーケーキのように、ピンクのドレスで飾られていた。

もー、やんなっちゃう。こーゆーテクニックだけはどんどん上達していくんだから。

もちろん下着も含めて。コルセットにショーツにガーターベルト――どれもかなりの高級品で、俺の身体に見事にフィットしたサイズだ。とはいえ女物だから、まだ準備段階で元気いっぱいとはいえないにしても、男の性器を詰め込む余裕はない。

「だから、ショーツはよせって……前がキツイんだから……」

「おや、それはどういうことかな？　私がきみのサイズを間違えるとでも」

「女物だぜ。きちきちじゃないか。あんたのがデカすぎるから、俺のは親指サイズくらいに思ってんのか？」

「そんなことは言ってないよ。けれど、私のものよりずっと可愛いのは確かだ」

「そ、そりゃあ、まあ……平均的日本人に比べると、ちょっとばかり小振りかもしれないけど、それでも女物の下着が合うわけねーだろ」

って、威張るほどのことか。女性物のランジェリーを身につけたときにだけ、自分が男だって再認識できるってのも、かなりトホホな現実だぜ。

「――では、サイズ確認のために、拝見するか」

陣野はご満悦の体(てい)で、パニエごとまくり上げたドレスの中身を、見やる。

「なるほど。確かに、前は妙にぴちぴちしているようだ……」

「だろう。ざまあみろってんだ」

「私としたことが失敗した。これから初夜を楽しもうというのだから、ショーツはなくてもよかったのだな」

「はぁー？」

「そう、むしろガーターベルトとストッキングだけで、大事なところは丸出しのほうが、かえって色々となやましく、そそられるのだ。きみもキツイようだし、不要ということで、これは脱がせてしまおうか」

陣野は心底楽しげに、ガーターベルトを外して、ショーツを脱がせていく。

「そ、それもヤダっ！　――ってか、何度目の初夜だよ？　もう一年半近くも、バコバコにやりまくってるのに！」

「おやおや、何を言ってるんだ？　こんなお色直しのドレスを着て。さっき披露宴を終えたばかりじゃないか。私はともかく、きみは身持ちの堅い人だ。私以外の男と婚前交渉をしているはずもなし。だったらこれが初体験だろう？」

ああー、すっかり妄想の世界に旅立たれてしまったよ。

「や……。もう、数えきれない初体験だから」

どうもこの男には、バージン萌えがあるようだ。

男のバックバージンなんて、しょせんはケツの穴を掘ったか掘らないかってだけのことなのに、陣野の妄想の中で、俺は常に無垢な花嫁なのだ。

俺の処女を陣野が奪う――何度となく繰り返されたシチュエーションだけど、実際、最初はそれに近いものだった。

俺はもともと同性愛者じゃないし、女ともさほど経験豊富じゃなかった。

対して陣野は、来る者拒まず。相手が女だろうと男だろうと、必要となれば寝ちゃえるようなやつだった。ただ、どちらにしても、身体だけで心は伴わない、寂しい関係だったのだが。

そんな中で、俺との初夜は、何かそれまでとは違う鮮烈な印象があったらしい。

まあ、俺のほうも、嫌がりながらも最初から感じてしまったわけで、言い訳するのも今さらなんだけどね。

ともあれ、挙式から初夜——でもって、初めてでこんなに感じるなんて淫乱な花嫁だ、って責め言葉で蹂躙するのが、お決まりのコースだ。

いいかげん飽きないかと思うほど、その部分だけは外さない。

「さあて、完成。ふふ……、すさまじくいやらしい眺めだよ。お色直しのドレスの下に、こんな恥ずかしい姿を隠しているなんて。それも、すでにずいぶん感じているようじゃないか」

ほーら、始まった。心底から、俺に破廉恥行為をさせるのが、好きらしい。

「まさか、披露宴のあいだも、ここを濡らしていたんじゃないだろうな？　招待客に見られるたびに、ドレスの中まで透けて見られているような気がして、それだけで感じて、前を堅くして、穴をひくつかせて、太腿をぶるぶると震わせてよがってたんだろう？」

「だから、俺は変態じゃないって。それ以上に、見られて悦ぶ趣味はねえよ！」

「またまた、そんな乱暴な口のきき方を。——私は知ってるよ。きみはいつでも、恥ずかしいことをされたがっている。いつもここを濡らして、快感に溺れたがっている」

「だ、誰がっ……！」

「照れなくてもいい。私は優しい男だからね。——きみの心の内は、誰よりもよく知っている。きみの望みどおりにしてあげるよ」

妖しく囁く男の堅い切っ先が、これだけはうんざりするほど言われるとおりに、ドレスの中でひくついている俺の秘孔を突っつく。

「いつも想像してたんだろう。バージンのくせに、まるで娼婦のようにここを濡らして、私が押し入ってくるのを待っていた」

ここ、と示しつつ捻じ込まれる先端が、すっかり火照った襞を押し広げていく——その感触に、肌がぞぞっと粟立っていく。

「あうっ……ん、ふぅうっ……！」

「ふふ……。いい声を出して。本当になんて可愛い花嫁だろう」

コスプレの支度のあいだに、たっぷりと質量を増していたものが、蒸れた熱気を撒き散らし、幹から浮き出る血管をどくどくと脈動させながら、俺の中へと侵入してくる。

バージンの花嫁相手という設定だから、こんなときの抽送は、焦れったいほどに緩やかだ。

「……んっ……！　あっ、あ、はぁあっ……！」

そうして、俺が音をあげるのを待っている。

もっと犯して、と。

激しく突き上げて、と。

奥までぐしょぐしょにして、と。

淫らな欲求を言わせることで、俺をさらなる羞恥の淵に、突き落とそうとしている。

可愛い系の外見に似合わず意外と強気な俺が、欲望を吐露するときの、屈辱に上気した顔や、ムッと唇を突き出す仕草や、羞恥に震える声音が、陣野の劣情を煽るのだと、今はもうわかっている。

「ふ……。何が欲しいのか、その口で言ってごらん。せっかくの初夜に、可愛い花嫁がいやがるようなことはできないからね」

甘くひそめた声で、耳朶に吹き寄せてくる問いの意地悪さに、何かを期待するようにゾッと肌が戦慄くのは、こんな恥ずかしいコスプレにさえ感じるほど、すっかり陣野のやり方に慣らされてしまったからだ。

素直に従ってやるのも癪なんだけど、胸の内にある秘密のせいか、いつもほどに頑固になることもできず、俺は渋々を装って、恥ずかしい答えを口にする。

「ん、ふぅっ……。お、奥に挿れてっ……、もっと、奥っ――……」

自ら、両手でパニエごとドレスをたくし上げて、両脚をいっぱいに開いて、悪戯な先端に弄られただけで淫らにひくつく場所を、見ろとばかりにさらけ出す。

「おやおや、私の花嫁は、本当に処女なのか？　こんなにあさましい姿でねだるなんて」

「だ、だって……ほ、欲しい……！」

「だが、自慢の一物だよ。先っぽだけでも、こんなに広がってるのに……。これ以上進んだら裂けるんじゃないか、と心配になるほど小さな穴を、もっとずぶずぶ攻めろと言うのか？」

巨大な熱塊はじゅうぶんすぎるほど張り詰めていて、陣野自身も、もっと激しい抜き差しを欲しているはずなのに——理性を総動員して猛る身体に待ったをかけてまで、演技を続ける男が、恨めしくなる。

「だが、見かけは可愛らしいのに、中はこんなに熱くうねって……、私のものを痛いほどぎゅうぎゅうに締めつけている……。ああ、たまらないよ……！」

でも、俺のほうは、芝居がかったセリフにも、そろそろうんざりしてきた。

だったら締めつけてやるよ、と内腿に力を入れて、括約筋を締める。

「……ッ……!?　こら、締めすぎだっ……！」

一瞬、エロゼリフを忘れた男の慌てっぷりに、なんとか溜飲を下げる。

だが、そのぶん、相手を本気モードにさせたようだ。

「ふふん。そっちがその気なら、俺も遠慮はしない」

一人称が『俺』に変わったとたん、さっきまでのすかした花婿の顔が、情動にまみれた雄のそれに変わる。

ずん、と激しい突きを最奥に食らって、俺は声のない悲鳴で喉を引きつらせた。

「ああーっ……!?　ふ、深いっ……、ひ、うぅぅ——…！」

身の内を侵食していくものの太さや形までもしっかりと感じとった肉壁が、一気に官能の焔で燃え上がる。焦れて、とろけて、飢えきったそこは、俺の意志などおかまいなしに、押し入ってきた雄芯に、歓喜の蠢動でもって絡みついていく。

「ああ……。なんて物欲しげなんだろう……！　ぐちゅぐちゅと音を立てて、勝手に蠢いて……私のものに絡みついてくる……」

「はっ、くぅぅ――……！　も、もっと……、か、掻き回してぇ……！」

自分の中の感じやすい部分を、全開の性欲でこれでもかと抉られて、俺はひくっと喉を引きつらせて、身も世もなく喘ぐ。

「ふ……。淫乱な花嫁だ。そら、たっぷりと食らうがいい！」

陣野は笑い含みの低音で言い放つと、さらに深く繋がるために、俺の両脚を軽々と肩に担ぎ上げる。ドレスに隠れて見えはしないが、交合部は耳に痛いほど卑猥な音を立て、ストッキングに覆われた両脚が、がくがくとみっともなく宙に舞う様が、恍惚に歪んだ視界に映る。

「ああ……、いいぞ……！　もっとだ、もっと締めろっ……！」

もはやコスプレゴッコすら忘れて、容赦なく俺を貫き、貪る――これが本当の陣野の情熱。

「ひ、ふぅぅ……！　い、いいっ……！　あっ…すごっ……！」

どこもかしこも感じすぎてぴりぴりと痺れるようだというのに、これでもかとばかりに好き放題に暴れ回る熱塊に、もっとも鋭敏な部分をしたたかに抉られて、俺は嗚咽に紛れたみっともないだけの嬌声を上げ続ける。

「やっ、あふぅぅ……！　そ、そんなにしちゃ、ダ、ダメぇ……！　ひ、いいっ……！　もう、いっ、ふぅぅぅ……」

もう自分がどんな淫らな言葉を口走っているのかも、意識できない。

闇雲に陣野の背にとりすがり、力強さを増していくばかりの抽送に、俺も夢中で腰を揺すって応える。

せっかくのお色直しのドレスは、二人の体液にぐっしょりと濡れている。もったいないけど、二度と使用することはできないだろう。もっとも、その気もないけど。

そうやって、ひたすら絶頂を目指して、互いに汗を振り撒き、腰を揺すり、喘ぎ乱れる。

欲望に溺れきった二人は、きっと幸せに満ち満ちているように見えるだろう。

――だが。

それとは裏腹に、頭の隅に芽生えてしまった小さな不安が、消えてくれない。

意識すら飛びそうになるほどの陶酔に浸ろうとしているのも、その憂いを見たくないからなのかもしれない。

こんなただれた官能の夜にあってもなお、胸の陰りは深まっていくばかり。

ようやく手に入れた穏やかな日常に、何かがひたひたと迫っているような気がして……。

竜樹が着々と三森家へ入り込んでいる事実を、陣野に言ったものかどうか悩むこと十日ほどたったある日、再び想像もしなかったできごとが訪れた。

それは掃除機の音を遮って響く、テレフォンコールから始まった。

ナンバーディスプレイに輝く表示は、見慣れぬ番号だ。陣野の仕事関連ということもあるから、受話器を取って愛想よく対応する。

「はい、陣野です」

『ミオ君か、黒沢だ。さすが立派なハウスキーパーぶりだな』

「え？　く、黒沢さん……!?」

これにはちょっと、びっくりだ。

黒沢清治——陣野の腹違いでも兄だけど、用があるときは連絡などせずに、いきなり押しかけてくるような、暴慢(ぼうまん)な人だ。

「あの……、なんの御用ですか？」

『陣野に伝えてくれ。もう興味もないかもしれないが、昨夜……父が倒れた』

「……は……？」

『脳梗塞だ。状況はあまりよくない。今、病院のテレフォンボックスからだ。すぐに戻らないといけない。一応、連絡だけはしておこうと思ってね』

「え？　あ、あのぉ……？」

『私が言ったことを理解したか？』

「ち、父って……黒沢一徳が……？」

『私に他に父はいない。それとも陣野には、他に誰か心当たりでもあるのか？』

「い、いいえ……。そうじゃなくて……」

半信半疑のまま、俺は今聞いたばかりのことを、必死に理解しようとする。

黒沢一徳——むろん会ったことはないが、参議院議員だからメディアでご尊顔くらいは拝見したことがある。そう、陣野とどこか印象の被る、恰幅のいい男だった。

「あの……そ、それ、本当に？」

『嘘をついてどうなる。どのみちニュースになるだろうし。——たとえ一命をとりとめようと、麻痺は残る。せっかく念願の政界進出を果たしたのに、それも終わりということだ。まあ、陣野あたりは、ざまあみろ、と言うかもしれないが』

おいおい、そんな深刻な話なら、最初からそれっぽく昏い声を出してくれよ。

「病院は、どこです……？」

『知ってどうする？　陣野は見舞いにこられる立場ではないんだぞ。それに、呑気にきみと話している余裕はない。もしものことがあったら、また連絡する。——ともあれ陣野に、父が倒れたことを伝えておいてくれ』

用件だけ言って、黒沢さんは電話を切ってしまった。

「倒れた……、黒沢一徳が……？」

両手で受話器を置きながら、俺は茫然と呟いた。

陣野の恨みの、根源にいる男。

その憎しみを糧に、陣野は今の地位まで昇ってきた。

いつの日にか、黒沢一徳を倒すことだけを、生きがいにして。

なのに、その相手が倒れてしまった。陣野の手で倒す前に、いとも呆気なく。

逆に考えれば、陣野はもう復讐のために生きる必要はないということなのだが、そんな単純な話じゃない。

これは……そう、これは、そんな生やさしい問題じゃない……。

「は、早く、一臣さんに伝えなきゃ……！」

再び受話器を取り上げて、陣野の携帯を呼び出す。

うっかりニュースで目にする前に、俺の声で、俺の言葉で、黒沢さんがわざわざ陣野のためにと連絡してきた、その事実を。

——早く伝えなきゃ……、一刻も早く……！

3

　その日の夜、陣野は斎木朝人を伴って帰ってきた。

　いや、斎木が陣野を一人にしておけずに、つきそってきたのだろう。陣野の放心した表情が、それを物語っている。

「お帰り……」

　どんな言葉をかけていいのかもわからず、俺は陣野をリビングへと導いていく。

　陣野を支えてきた斎木が、その巨体もろとも、ドスンと音がするほど乱暴にソファに身体を投げ出した。やれやれ、と一息ついて口を開く。

「俺が病院に行って、事情を聞いてきた。少なくとも、今すぐどうこうということはないようだが、楽観できる病状でもないらしい。——ようは、一命はとりとめたものの、この先の見通しは立たないってことだな」

　薄茶のロンゲに、端整な面立ちに切れ長の双眸、と見かけはクールな美貌の優男だが、中身は陣野よりよほど剛胆な斎木が、ぶっきらぼうに言い放つ。

「この先の見通しって……どれくらいで復帰できるとか？」

「復帰？　そんなの無理に決まってるさ。リハビリで少しでも歩けるようになるのか、それとも寝たきりになるのか——そういったレベルの話ってこと」

リムレス眼鏡を外して、目頭を押さえながら今わかっていること告げる表情にも、どうにもできない苛立ちが滲み出ている。

「黒沢一徳は、地道な努力なんかできる男じゃない。あいつがリハビリを頑張る姿なんか、とうてい想像できないね。ってか、他人を利用して楽してきたやつは、自分で必死になる方法を知らねーもんだ。——痛みを受けたことのない人間ほど、実は脆いってね」

こういうときの斎木の物言いには、遠慮がない。

病人だからと無為な同情をしないぶん、本質を見抜く力は人一倍だ。

「どのみちもう黒沢一徳は、夢すら追えない。幾つだ？　六十六、七か？　政治家としてこれからってときに、半身麻痺とはね。あいつにとって、政治家生命を絶たれること、イコール、人生の終わりだ。——野望が大きければ大きいほど、この先の人生はつらいだけだろうよ」

確かに……そうかもしれない。

たとえ命永らえたとしても、夢が閉ざされたらそれきりだ。

斎木は横目で陣野を流し見て、だめ押しとばかりに言い放った。

「おまえの復讐は、もう意味がない。——これも、天罰ってやつさ」

「……天罰……？」

それまで茫然と、斎木の話を聞いていただけの陣野が、ようやくぽつりと呟いた。

抜け殻になってしまったような顔で、感情の欠落した抑揚のない声で。

そう、と斎木は相槌を打つ。

「ジ・エンド。すべて終わったんだ。残されたのはもう人生の黄昏だけって男を相手に、何ができる？　スキャンダルで追い落とすか？　そのつもりだったんだろう。黒沢一徳には、ホステスの愛人とのあいだにできた隠し子がいる。三十年前にあの男がやったことをリークすれば、政治家にとってはかなりのダメージだ」

「……………」

「脚色の必要すらない。おまえのお袋さんが一徳に捨てられて、苦労のあげくに亡くなったのも、おまえを認知するどころか存在をひた隠しにしてきたのも、事実以外の何ものでもない。たとえ三十年前のことにしろ、お偉い政治家の先生としちゃあ、人道的に許されることっちゃない。自分自身を切り札にして、憎い男を追い落とす——最初からそのつもりだったんだろう？」

鋭い斎木の問いにも、陣野は答えない。

ただ口を真一文字に引き結んで、じっと膝においた拳を睨んでいる。

その沈黙こそが、斎木の言葉を肯定している。

「高校んとき……いや、出逢ったころは、俺もおまえと心中ってのもいいかと思ってたんだが。今はお互い、それですべてを終わらせるわけにもいかない事情が、できちまったしな」

「……ッ……」

瞬間、陣野の歯軋りが聞こえた。

事情か——陣野にとっては俺、斎木にとっては文倉亮。

大事なものができてしまったときから、陣野も斎木も、憎悪だけを糧にして、明日はどうなろうと知ったことじゃない、なんて生き方はできなくなってしまった。

陣野が黒沢一徳の隠し子としてマスコミに騒がれれば、当然だが、いっしょに暮らしてる俺も、渦中に放り込まれることになる。

「さ、斎木さん、俺は……」

「ああ、だーめだめ。一蓮托生なんて言うなよ。それでなくてもおまえには、宝飾専門店『ジュエリー陣野』の謎のモデルって裏の顔があるんだから。陣野が騒がれれば、いっしょに暮らしているおまえにもマスコミはたかってくる。誰かが、おまえがあのときのモデルだって、気づく」

「あっ……？」

「ウエディングドレスの花嫁は実は男だった、なんて週刊誌に書き立てられたら、どうする？」

「そ、それは困るっ……！」

そこまでは考えていなかった。

けど、最初の身代わり花嫁以外にも、ポスターのモデルをいくつかやってしまっている。そのすべてが女装だ。陣野が騒がれることで、謎のモデルの正体が俺だってバレるのは、さけたい。

「さすが、斎木さん……。先読みの鋭さは、はんぱじゃないね」

「当然だ。堂々、策士を自認してるんでね。――ってことで、陣野。三森が大切なら、もう復讐に囚われるのはやめるこった。天誅は下った。だったら、あとは幸せになればいい」

そこまで言って、斎木は立ち上がり、陣野の肩をポンポンと叩く。

「なーんて、割りきれないのが、不幸自慢な人間の性だけどな」

皮肉な笑みを浮かべたまま、最後に一言残して、玄関へと足を向ける。

斎木の声が耳に入っているのかいないのか、陣野は身じろぎひとつしない。

そんな陣野の様子を気にしながらも、俺は慌てて斎木のあとを追う。

「斎木さん、行っちゃうの？　なんとか一臣さんを励まして……」

玄関で靴を履く斎木を、引き止める。

「だめだめ、俺の言葉じゃ響かねーよ。俺も陣野も不幸に慣れすぎてる。陣野は復讐に、俺はこの指輪に」

言って斎木は、左手をひらひらと振ってみせる。

その薬指に、血の色をしたルビーが輝いている。

持ち主を不幸な死に導く、という伝説の〝血まみれの目（ブラッディ・アイ）〟が。

その指輪を手に入れたために、斎木の父親は死に、母親は心を壊した。

それでも斎木は、両親を破滅に追いやった指輪に固執する。

亮からプレゼントされたエタニティリングだからではなく、たぶん指輪そのものが、斎木の人生を縛っているのだろう。

「悲劇を呼ぶなんて伝承が、本当かはともかく、俺にとっては決していい思い出のあるものじゃない。本当に幸せになりたいなら、いっそこんな縁起の悪い指輪、捨てちまえばいいんだ。日本海溝の底にでもさ。ほら『タイタニック』で……って、映画のな。知ってるか？」

「うん……。見たことあるけど」

「ラストシーンで、年老いたヒロインがネックレスを海に捨てるじゃないか。ああやって、未練なく捨てちまえばいいんだ」

確かに、〝血まみれの目〟にまつわる呪いごと、誰の手にも触れられない深海に沈めてしまえば、すべて片がつくのに、斎木はそうはしない。

「だって……それは、亮からもらった指輪じゃん。それに、お父さんの形見なんだし」

「亮なら、代わりの指輪くらい、いくらだって用意できるさ。——それに、親父の形見ったって、これが親父を殺したようなもんなんだから、むしろ捨てちまったほうが、あの世の親父も安心するんじゃね」

左手を目の高さに挙げて、ホールの窓から差し込む光に煌めく、ルビーを見つめる。

「それでも俺は、こいつを捨てらんない」

どこか魅入られたような、その瞳。

「これを持ってるかぎり、どんな不幸にあっても、すべてこのルビーのせいにできる。それって、けっこう楽なんだよな。不幸の元凶が俺の足を引っ張るんだ、って。——でも、こいつを手放したあげく、亮との関係がこじれたり、仕事がうまくいかなくなったりしたら、もう何にも責任を転嫁することができない。——全部、自分のせいだ」

「斎木さん……」

「不幸でいることに慣れるってのは、そういうことだ。ある意味、自分じゃなんの責任も取ってない。俺はこのルビーのせいにして、陣野は父親のせいにして、悲劇の主人公ぶって嘆いていればいい。――でも、黒沢一徳が運命の悪戯ってやつで、相応の罰を受けてしまった以上、陣野はもう誰のせいにもできない。これからはもう幸せになるしかないんだ」

「………」

それは実に斎木らしい、ひねくれた物言いだ。

幸せになればいい、ではなく、まるで義務のように、幸せになるしかない、と。

でも、それが高校時代から陣野と付き合ってきた斎木の、掛け値なしの本音なのだろう。

「せっかく、らしくもなく愛なんてやつに目覚めたんだ。きみを幸せにすることだけを考えて生きればいい。――なのに、簡単には切り替えられない。幸せへと歩を進めるのが、怖いんだ」

そこで言葉を切って、斎木は苦く笑った。

「わかるか？　陣野も俺も、幸せに怯えてるんだ」

斎木曰く、不幸自慢な人間の性(サガ)というだけあって、陣野の落ち込みはひどかった。

仕事に行くこともなく、ただ応接間のソファに漫然と腰掛けているだけ。

俺が用意してやれば、食事をする。風呂にも入る。眠りさえする。ただ、すべて俺が導いてやらないといけない。俺が手を離せば、ずっとソファに座ったまま、憔悴(しょうすい)していくだけだろう。

惰性(だせい)で日常生活を営むだけで、思考することを完璧に放棄しているのだ。

今まで生きてきた目的がなくなった――こんなにも呆気なく。

陣野は闘争心を糧に生きてきたのに、仇であるその相手が、本人の意志に反して戦線離脱を余儀なくされてしまった。

だが、それが人生ってものかもしれない。

陣野にしても、黒沢一徳にしても、どちらも望んでもいなかった結末の、その無情さ。

未来を、生きがいを、なんの心構えもないまま、唐突に奪われることもある。

逆に、思いもよらぬ拾いものをすることもある。想像外の出逢いをすることもある。

そのことに気づいてほしい。思い出してほしい。

俺がここにいることを。

俺と手を繋いで、すでに陣野は、以前と違った道を歩みはじめている。

ううん……。たぶん、陣野だってわかっているんだ。わかっていても、物心ついてからずっと、胸の内に飼ってきた野心を捨てるのは、そんなに簡単ではないんだろう。

何か……何か、目覚めるきっかけが必要だ。

憎しみだけを糧に生きていたころとは違うのだと、思い出させるための、引き金が。

三日間、ただ漫然と呼吸しているだけの陣野をカウンター越しに見守りながら、俺はキッチンで夕食の支度をしている。せめて、美味しくて力のつくものを作ってやることしかできない、そんな自分の無力さに、ため息ばかりがこぼれる。

ふと、どこかでチャイムが鳴っている気がして、俺は顔をそちらに巡らせる。

「あれ？　お客さんかな……」

エントランスホールからの呼び出し音だ。インターフォンはリビングの入り口に設置されているのに、それがひどく遠くに聞こえたのは、俺自身が心ここにあらずだった証拠だ。

「だめだな。俺がしっかりしないと……」

自分自身に言い聞かせつつ、インターフォンの受話器を取る。聞こえてきたのは、落ち込んでいるときにこそ力強い味方になってくれる、正実兄貴の声だった。


――なんで、こいつまでいっしょなんだよ。

玄関ドアを開けたとたん、迎え入れた正実兄貴の背後に、こんなときにはいちばん会いたくない男の姿を見つけて、俺はうんざりと心の中で呟いた。

「ごめん、ミオ、急に押しかけちゃって。ニュースで黒沢一徳のことを知って……。陣野さんの様子が気になったもんだから……」

「うん。こっちも詳しいことわからなくて、まだ兄貴達に連絡するのは早いかなって……。でも、兄貴なら、すぐに気づくと思ってたし、心配してくれるのはありがたい」

これで蛇男がいっしょでなければね、と物言いたげな俺の視線に気づいて、正実兄貴が、すまなそうに肩をすくめる。

「ああ、ごめんね、こいつ……。僕が行くって言ったら、どうしてもついてくるって」

兄貴が背後をチラ見すると、九曜竜樹は常以上に滑りのいい口調で言った。

「私だって気にかけているのだ。いちおう陣野は、私に少なからぬ苦汁を嘗めさせた男ではあるのだし、好敵手というほどご大層なものではないが、ライバルといえなくもない。その男にこんな形で惚けられては、私も寝覚めが悪い」

心配のかけらもうかがえない上機嫌なその態度のどこが、気にかけているんだよ。

「中に入りたいなら、余計な物言いはいっさいしないでくれよ！」

ビシリと言い置いて、リビングへと案内しているあいだも、絶対に一波乱おきるとの予感に、胸が騒ぐ。でも、毒を以(もっ)て毒を制す、ともいうし、竜樹の毒気で陣野の鬱(うつ)が吹き飛んでくれる可能性もなくはない。

突然の意外すぎる来客に、陣野が少しでも反応してくれればと思うのだが、リビングは相変わらず鬱々とした空気に満ちている。

「うわぁぁ……、どんより……」

あまりに意気消沈(しょうちん)した陣野の姿を前に、正実兄貴は思わずという感じで声をひそめる。

「これは……かなり深刻だな。うっかりしたこと、言えないな」

「でも、今は何言っても、耳に入らないから」

「そうか。じゃあ、無駄足だったかな」

ここで失礼するか、と雰囲気を察して踵(きびす)を返そうとした兄貴だが、背後に立ちはだかった男が障壁になって、行き場をなくす。

ずいっ、と入ってきた竜樹が、俺や兄貴の気配りなどものともせずに、その場の空気を盛大に引っ掻き回してくれることを言ったのだ。

「よくわからんな。目障りな敵が勝手にいなくなってくれたのに、どうして落胆する必要がある。私なら、貴様がくたばってくれれば、諸手を挙げて喜んでやるぞ」

それに反応するかのように、陰鬱の中に凝っていた陣野が、うっそりと顔を上げた。

昏い双眸に、すっかり消え失せていた憎悪の光を、かすかに煌めかせて。

「――うるさいぞ。この蛇男」

その上、声を発した。

びっくりだ。ここ数日、俺の声にすら、惰性の反応しかしなかったのに。

「貴様、心底から感謝を知らぬ男だな。私はともかく、正実は貴様を気遣って、わざわざ足を運んできてやったというのに」

「何……？」

竜樹に言われて、ようやくこの部屋にもう一人いることに気づいたのか、陣野の視線が兄貴の顔を捉える。相変わらず、どんよりした雰囲気を背負ってるけど、なんとか周囲に意識が向くようになっている。

竜樹に発破をかけられたのが、効いたらしい。

皮肉なものだ。優しくいたわられるより、敵から罵倒されるほうに反応する。

そういう体質……なんてことはないよな。

どんな人間だって、赤ん坊のときは無条件で母親に頼るものだ。

自分を守り育てて、愛してくれる——そういう存在がいるから、優しくされる心地よさを知っていく。励まされれば、頑張れるようになる。

でも、陣野は違った。母親に虐待されていたから、優しさに慣れない。そして、父親を憎悪して育ったから、戦う相手にこそ反応してしまう。

持って生まれた資質なんかじゃない。身につけざるを得なかった、哀しい習性だ。

けれど、それじゃあだめなんだ。うんざりと睨め上げている陣野と、ふんぞり返って見下ろしている竜樹は、火花を散らしているだけで、わかりあっているわけじゃない。

互いの喉笛を狙って、隙をうかがっている獣のそれだから、このままじゃ、とうていまともな会話にはならない。皮肉の応酬になるだけだ。

なんとかしないとと思っていたとき、いきなり玄関チャイムが鳴った。

「え？　またお客……？」

エントランスホールからの呼び出し音がなかったということは、マンションの関係者かもしれないと、一触即発のリビングを気にしながらも、足早に玄関に向かう。そのあいだもチャイムは立て続けに鳴り続ける。

慌ててドアを開けた俺は、そこに意外すぎる人物を見つけて、目を見開いた。

「く、黒沢さん……？」

なんと、黒沢清治だ。

陣野の異母兄。今ごろは、病床の父親についているはずの、男。

「陣野はいるな？　入るぞ。少し話がある」

強引な口調は変わらないが、頬が少しこけていて、目の下にもうっすら隈がかかっている。

「ど、どうぞ……。あの、セキュリティドア、よく通れましたね。警備員とかいるのに」

「父親が倒れたんだぞ。兄だって言ったら、普通に通してくれた」

「……えっ……？」

大きなストライドで廊下を進む背を追いながら、俺は頓狂な声をあげてしまった。

——兄って、誰のこと？　黒沢さんのことだよね？

まあ、確かに、父親が倒れたから慌てて駆けつけたって話をすれば、警備員だって通してくれるかも。実際、雰囲気は似てるし、本当に兄弟だし。

けど、兄弟って認めるのを何より嫌がっていた黒沢さんが、方便であろうと、それを自ら口にしたってことが重要なんだ。

なんだけど、今はもっと切実な局面が目の前にある。

ただでさえ陣野と竜樹の睨み合いが勃発中なのに、そこに黒沢さんが加わると、三竦み状態になりかねないぞ。

「何をしてるんだ、おまえら？」

俺の焦りをよそに、黒沢さんは、無意味に睨みあっている二人のあいだに、呆れ声で割り込んでいった。やっぱり年の功か。――ってか、父親が入院してるんだから、言い争いをしてる余裕もないか。

「親父の病状はなんとか落ち着いた。陣野、おまえ、見舞いに行く気があるか？」

挨拶もなしにいきなり直球をぶつけられて、陣野は目を瞠る。

「――――……!?」

何か得体の知れないものと出逢ったように、のろりと黒沢さんを仰ぎ見た。

どこか怯えを含んだようなそれは、今まで見たことのない表情だ。

自分が仇と狙ってきた男の、でも、もう戦えなくなった姿と対峙する――それを受け入れるかどうかは、陣野がこの先どうやって生きていくかに直結する、大問題だ。

視線が黒沢さんから離れない。黒沢さんも、陣野の反応をうかがっている。

この二人が、こんなに真剣に相対したのは、初めてじゃないか。

「いやなら無理強いはしないが、考えておけ」

疲れを滲ませてはいるけど、黒沢さんの声は落ち着いている。

なんだか不思議な気がする。今日はちゃんと、陣野の兄に見える。

「ただし、融通を利かせられるのも、二、三日のうちだぞ」

「俺が行ったら……そっちが困るんじゃないか？」

ここ数日、ふぬけていた陣野が、ようやくまっとうな反応をした。

「安定したこともあって、親戚連中もいったんは引き上げた。だが、じきに、今度は会社の役員連中が大挙して押しかけてくるからな。——この機を逃したら、あとはないぞ」

「……あとは……ない？」

「二度と顔を合わせる機会はない、ってことだ。おまえは黒沢家にとって、邪魔者でしかないからな」

黒沢一徳が表舞台から身を引けば、後継者争いとか、相続問題とかで、揉めに揉めるんだろう。陣野の存在は、黒沢一族にとって目の上のタンコブでしかないんだから、徹底的に排除しにかかるのは、火を見るより明らかだ。

本当に今しかない。恨み言をぶつけるにしろなんにしろ、最後の機会なんだ。

「…………」

でも、陣野は答えない。自分でも、どうしていいのかわからないのだろう。

迷いの中にある陣野を急かせるでもなく、黒沢さんは泰然（たいぜん）と佇んだまま、この場には場違いすぎる竜樹へと視線を巡らせた。

「——そっちは、九曜竜樹だな。九曜家の者が、どうしてここにいる？」

問う声は低く、どこか棘（とげ）がある。

黒沢さんは、陣野に対抗するべく、ジュエリーブランド『ＧＲＩＦＦＩＮ（グリフィン）』をおこしたときに、宝石ディーラーである九曜家と提携した。つまりこの二人は、仕事の上では協調関係にあるはずなのだが、個人となれば話は別なのか、あまりいい感情は持っていないようだ。

「私がどこにいようが、私の勝手だ。貴様に断らねばならぬ理由などない」

答える竜樹の物言いが、さらに不遜で、黒沢さんが不快感を露わにする。

そういえば、ずいぶん前にだけど、竜樹とは面識さえないようなことを、黒沢さんが言ってたような気がする。利害の一致で手を組むことはあっても、しょせんどちらも俺様男だから、信頼なんてものは芽生えようもないんだろう。

「個人的な関わりはないにしろ、九曜家は『GRIFFIN』と提携している。その一族の者が、ライバルである陣野の部屋でのうのうとしているんだ。その理由を訊いて何が悪い」

「悪いな。九曜家など、私にとっては仮住まいにしかすぎん。この眉間にシヴァ神の加護があるかぎり、行雲流水、融通無碍、何にも縛られぬ身。貴様ごときに詮索される筋合いは、ない」

「なるほどな。傲岸不遜の権化が、ここにもまた一人か。何にも縛られんとか言うわりに、陣野に対しては妙なこだわりがあるんじゃないか。色々とちょっかいを出していたようだが」

「私とて、若気のいたりのひとつやふたつはある。——だが、こんなふぬけた男など、もはや私の関心の内にはない」

「ふん。私より若いくせに、悟りの境地に至ったか。あとは枯れていくだけだな」

「悟ったのではない。その逆だ。私は完全な緊縛を得たのだ。他のものなど髪の毛一本の価値もないほど、唯一無二の愛を知ったがゆえな」

その場にいた誰もが、愛——なんて竜樹に似合わない言葉だ、と思ったはず。

「ああ。そういえば、ソラ君が文句を言っていたな。メデューサ男がやたらと三森家に絡んできてウザイ、とか……」

ふと、黒沢さんが思い出したように呟いて、竜樹の隣にちんまりと腰掛けていた正実兄貴に視線を流す。

「――あなたが三森家のご長男、正実さんですね。お初にお目にかかります」

「黒沢清治さんですね。ソラやミオからお話だけはうかがっています」

挨拶する黒沢さんも、応える兄貴も、どちらも微妙な表情をしている。

黒沢さんにとって正実兄貴は、ソラという可愛い恋人の身内。

兄貴にとって黒沢さんは、大事な弟に手を出した不埒な男なのだ。

この初顔合わせのタイミングが、よりによってこんなときってのは、どうなんだ？

「私も、正実さんにはお会いしたいと思っていたのですが――とにかく今は、こちらにも余裕がない。いつか、ごゆっくりお話しさせてください」

「あ、はい……。大変なのはわかります。僕も陣野さんが心配で、こうして足を運んだんです。色々お訊きしたいことはあるんですが、それはまたいずれ……」

「そう、ですね……」

黒沢さんはなんとか兄貴に自分の立場を理解してほしいだろうし、兄貴のほうには、黒沢さんへの文句が、そりゃあ山のようにあるだろうに。

それでも、どちらも頭の固い常識人だし、今はことを荒立てるときではないと認識しているから、内心では思うところがあっても、当たり障りのない挨拶ですませようとしている。

なのに、大人な対応をしている二人の気持ちも、その場の空気も解さずに、よけいな茶々を入れる蛇男が一人。

「その話しあい席には、私も正実の恋人として同伴させてもらわねば……うぐっ……!?」

語尾の無様(ぶざま)な『うぐっ……!?』は、恋人云々(うんぬん)と言った瞬間、正実兄貴の肘鉄が竜樹の脇腹にめり込んだせいだ。

いきなりの暴挙だが、それをいやがるふうもなく、蛇男の口元がニヤと笑む。

「ふふ……。相変わらずあなたは、実に過激な愛情表現をしてくれる」

「な、何がっ……愛情表現だ！」

「おや、違うのですか？　私にはなんの愛情も感じてないとでも？」

「だから、いつも言ってるだろう。ペットだペット。でっかいワンコ！　デカくて、うざくて、暑苦しくても、いったん拾った以上、放り出すわけにはいかないってこと」

「どんな愛情でもかまいません。きっちり面倒をみてくださいね。――最期は三森家の畳の上で、あなたに手を握られて逝くのが、私の夢なのですから」

「今から昇天するときのことを考えてるのか？　――ってか、そこに三森家の畳が出てくる意味がわからないんだけど」

「また、とぼけて……」

竜樹は全員を見回してから――正実兄貴だけには微笑みつきで――思わせぶりに一息ついて、さも自慢げに告げたのだ。

「私の最終目的は、三森家の養子になることですから」

どうだ、とばかりに披露してくれた最終計画だったが、その意味が、当の正実兄貴を含めて、ここにいる誰にも、すぐには理解できなかった。

「……は……？」

ちょっと、今、なんておっしゃった？

ウチの『ようし』に、とか……。それって、『容姿』とか『用紙』とかじゃなくて、子供を籍に入れる『養子』のこと？

俺が唖然としているあいだに、そこは三森家の息子を嫁にもらいたがっているお仲間だからか、いち早く竜樹の意図を察した陣野が、ふんと鼻先で笑う。

「なるほど、同性では結婚できないから、せめて正実さんと同じ戸籍に入ろうって魂胆か。だが、長男の正実さんが、九曜の籍になど入ってくれるはずがない。だったら、自分が三森のご両親の養子になればいいという、短絡的思考だな」

「はぁぁぁ――……!?」

その発想はいったい何？　結婚の代わりに養子縁組をするゲイカップルはいるけど、あくまでそれは、カップルの年上が年下を養子に迎えるってことじゃないのか。

「ちょ、ちょっと待てよ……！　竜樹がウチの養子に……って、な、何それ？　兄貴、いったいこいつ、何言ってんの？」

どこからそんな荒唐無稽な発想が出てきたんだよ？

俺は、竜樹と兄貴の顔を交互に見ながら、驚愕の怒声をあげる。

「僕に話を振るな。それは竜樹の妄想だ。三十にもなった男が他人の家の養子に入りたいなんて荒唐無稽な話は、僕の想像の範ちゅう外だ」

よかった。まっとうすぎる思考回路の正実兄貴には、竜樹の最終計画の意味も、それを企んだ動機もさっぱりわからないらしい。

「いったい、何をわけのわからないことを言ってるんだ？」

だが、そうやって首を傾げる仕草が、竜樹にはすばらしく可愛いらしく見えるのだろう。蛇男は相好（そうごう）を崩して、兄貴の手を取る。

「正実、あなたのその純粋さが、私は好きなのです。日本では同性の婚姻は認められていない。同性婚の代わりに何をするかというと、養子縁組なんですよ。――名実ともに家族になるために、と以前に話したのを、覚えてませんか？」

「それ、前提が違わないか？　おまえが幼い子供なら僕が養子にしてやるって手もある、って話ならした覚えはあるけど、あくまで仮定の話でしかない。今のおまえがウチの両親の養子に入るなんて話は、まったく記憶にないぞ」

「ああ、微妙に誤解があったようですね。――ですが、現実問題として、正実のほうが年下だから、私が正実の養子になるのは無理というもの。つまり、私が三森のご両親と養子縁組をするのが、いちばん理にかなった方法なのです」

必死に言いつのる竜樹だが、根本的な常識が天と地ほども違いすぎて、兄貴にはまったく理解できないようだ。

「ぜんぜん現実問題じゃないぞ。何がどう理にかなってるのか、さっぱりだ」

「私と正実が結婚するためなのですよ。ひとつ戸籍の中に入るということが、同性間の婚姻の意義なのですから」

「だから、そうまでして同性婚にこだわる理由が、わからないんだって」

「法的に他人でなくなるためにです。やはり愛する者とは、公私ともに認められる関係になりたいではないですか」

「いや、ぜんぜんなりたくないけど。……ってか、僕は愛してないし」

あまりにさりげなく、兄貴は同性愛の悩みを持っている者達の頭上に、超弩級(ちょうどきゅう)の爆弾を落としてくれた。その瞬間、竜樹が一気に顔色をなくしたのはむろんだが、陣野や黒沢さんまで、同情というより自分の身に降りかかったときのことを考えて、顔を引きつらせた。

「あ、あああ愛してない……!? 私を、愛してくれてないんですか……?」

竜樹の悲鳴のような情けない問いに、兄貴は困惑顔を返す。

「うーん。そこんとこも考えたんだけど、僕の感覚で、恋愛は異性とするもんだし……。竜樹は、いいとこ、ペット止まり……かな」

やっぱりそうなんだ、と崩壊の危機を迎えている恋人達以外は、納得にうなずいた。

「だいたい常識で考えてみろよ。親が納得するわけがないだろ。それに、おまえが三森家に養子に入ったら、歳からいって、僕が三森家の長男じゃなくなっちゃうじゃないか。そんなの許せるものか。愛してるかどうか以前の問題だ！」

「ま、正実ぃー！」

半泣きですがりつく竜樹の手を、ぺしっと払いのけて、さらに兄貴は言い放つ。

「僕は三森家の長男だ！　たとえ親父が……まずありえないけど、よその女とのあいだに僕より年上の息子がいる、なんて言い出したとしても、そんなやつ兄とは絶対に認めない！」

寛容な正実兄貴にしては、いくらなんで狭量すぎることを。

「そ、それは……ちょっと、優しい正実らしくない発言では……」

「優しいとか優しくないとか、関係ない！　二十六年間、僕は三森家の長男をやってきたんだ。誰がなんと言おうと、その座は譲らないっ！」

これぞ、正実兄貴の真骨頂。

優しくて、生真面目で、誠実で、そのぶん穏やかな印象のある兄貴だが、でも、その胸の内にはダイヤモンドよりさらに強固な、核がある。

「三森家長男は僕だけだ！　僕があの家を継いで、祖父母や両親の面倒をみる。――ってことで、くだらない話はこれでおしまい！」

「あ、あの正実……、もうちょっと、広い心で聞いてくれないだろうか……」

追いすがる竜樹を、振り返りしなに一睨みして、兄貴は冷ややかに言った。

「それ以上、バカなこと言ったら、本当に捨てるよ！」

竜樹だけでなく、その場にいる誰もが、兄貴が放った凍気でカッチーンと固まった。

――お、恐るべし、三森家長男の矜持！

拾ったものは最期まで面倒をみる、ってポリシーまで破っちゃうんだ。

竜樹はといえば、衝撃のあまり兄貴のあとを追うこともできず、茫然と佇んだままだ。

それを憐れみの視線で流し見ながら、黒沢さんが陣野にボソリと耳打ちした。

「三森家の兄弟って、怒らせると、すさまじく怖いと思わないか？」

「ふん。あんたと同じ意見ってのは不愉快だが……確かに、それは同感だ」

陣野もまた、黒沢さんに同意して、うなずいた。

俺は、そんな二人と、まだ動くこともできない竜樹に、にっこり笑ってやる。

「えー？　やだなー、何言ってんのぉ。三森三兄弟はチャームが売りなんだよぉ」

そりゃあもう、お愛想たっぷりに。

これは三森三兄弟の外面だよ。本性はつい今しがた兄貴が現してくれたほうだからね、と思い知らせてやるために。

「ま、ともかくそういうことで、残念ながらどんなに企んでも、あんたが三森家の養子に入ることも、逆に、兄貴が九曜の養子に入ることも、絶対にない。正実兄貴にとっては、三森家の長男でなくなるってのは、アイデンティティの崩壊だから」

俺の決定打をドゴッと後頭部に受けた竜樹が、のっそりと振り返る。

「だ、だが、苦労ばかりなのに……。両親だけでなく、祖父母の世話まで押しつけられて……」

「何を苦労と思うかは、人それぞれだ。――そりゃあ大変だろうけど、兄貴には、家族を放り出すほうが、もっといやなんだよ」

「……そんな……！」

がっくりと肩を落とした竜樹を、陣野が鼻先でせせら笑う。

「ざまあないな、蛇男さんよ。腐った根性で正実さんに取り入ろうとするからだ。これで間違っても、俺がおまえの義理の弟になることはなくなった」

陣野の威張りくさった発言のおかげか、放心状態から脱した竜樹の全身から、蒼白い怒気が湧き上がったようだ。

さらに、陣野の攻撃は、黒沢さんへと向かう。

「そして、ソラ君がミオの弟である以上、双方がめでたく同性婚を果たしたあかつきにも、俺はあんたの義理の兄にはなっても、弟になることはない！」

くうぅ、と顔をまっ赤にして呻る黒沢さんを睥睨しながら、陣野は雄叫びをあげる。

「俺の一人勝ちだ！　そもそも最初に恋人になったのは、俺とミオだ。おまえらは俺のおこぼれで、正実さんとソラ君に出逢えただけ。せいぜいこの陣野様に、感謝することだ！」

あまりにせこい戦いを制して、はっはは–、と高笑いの陣野に向かって、竜樹と黒沢さんが、噛みつく勢いで反論する。

「なにをか言わん！　三森家に足を踏み入れたこともない輩が、威張るな！」

「陣野–っ！　貴様が俺の義理の兄になるなど、絶対に許さん！　ミオ君にはすまないが、貴様らの結婚は、何があっても阻止してやる！」

高らかに大バカな勝利を宣言する陣野も、必死に自分の優位を訴える竜樹も、意味不明の怒りを爆発させる黒沢さんも、どいつもこいつも自分勝手。

「あーもー、うるさいぃぃぃーっ！」

俺の鶴の一声で、三者三様の騒音を撒き散らしていた口が、いっせいに動きを止める。

「この三拍子揃った、三バカ野郎ども！　三人寄れば文殊の知恵、ってな、凡人でも三人集まって相談すれば、なんとかいい知恵が浮かぶもんだ。なのに、あんたらは、他人を蹴落とすことしかできないのかっ！」

普段はにっこりだが、怒らせたら怖い三森家三兄弟の次男坊である俺の一睨みで、三バカ男は沈黙した。

「今度その超くだらない言いあいをしたら、正実兄貴とソラに相談して、三者凡退にしてやるからな！　わかるか、この譬えが？　誰もセーフにはなれないってことだ！」

4

騒がしい連中が帰ったあと、ようやく静けさの戻ったリビングで、久々に鬱屈から解放されたというか、度肝を抜かれて落ち込んでいるのもバカバカしくなったらしい陣野が、ソファに寄りかかりながら呟いた。

「なるほど。正実さんのアイデンティティは、三森家長男ってところだったのか」

「うん。竜樹もバカだね。兄貴の逆鱗に触れたよ、あれ」

キッチンでコーヒーを淹れ直しながら、俺はカウンターの向こうの陣野に答える。

「ああ。どう足掻いたところで、竜樹が望んでいる意味での養子縁組は、三森家相手には無理だろうな」

ふふん、ざまあみろ、と陣野は鼻先で笑った。

「嬉しそうだね」

「竜樹には、積年の恨みがあるからな。これであの二人が破局となってくれれば、面白いんだが。あんな蛇男に、正実さんはもったいないし」

こいつも性格が悪い。人の不幸ばっかり喜んでると、自分に返ってくるんだぞ。

「あのさ、さっき言ったよねー。他人を蹴落とすことばっか考えてると、三者凡退だって」

「えっ？　待て、それ……俺にも適用されるのか……？」

「当然。――と言いたいところだけど、俺は一蓮托生って決めてるから」

よかった、と呟いた陣野が、心底安心したようにホーッと安堵の息をつく。

「けど、兄貴も根っこは俺と同じなんだよね。あのまっとうな性格で今まで竜樹と付き合ってたこと自体が、ウソみたいな話なんだし――なんだかんだで、また丸め込まれちゃうかもね」

「なんだ、つまらん」

「こーら！」

ともあれ、竜樹の突拍子もない思いつきのおかげで、黒沢一徳が倒れて以来、落ち込みっぱなしだった陣野が少しは復活したようで、こればかりは感謝だ。

一安心した俺は、お代わりのコーヒーを差し出して、隣に腰掛ける。

陣野は、焦茶色のクマさんをひとつ手に取って、口に運ぶ。サクサクと心地いい音を響かせてから、コーヒーで渇いた喉を潤す。ソーサーにカップを戻しながら、しばし何事かを考えていたが、やがてぽつりと呟いた。

「明日……病院に行ってくる」

「え？」

意外すぎる言葉に、俺は目を瞠る。

「一徳の様子を、この目で確かめてくる」

陣野の横顔に、久しぶりに凛々しい緊張感が戻っている。

「一臣さん、それって……？」

「せっかく黒沢が、見舞いたければチャンスを作ると言ってくれているんだ。あいつの世話になるのも嬉しくはないが、俺はきちんと確認しなきゃならない。――一徳がもう、戦うことすらできない、ただの老人だということを」

「……うん……」

俺は両手で愛する男の肩を抱いて、引き寄せる。

どくどく、と響く俺の鼓動を、その耳に伝えるために、強く、優しく、抱き締める。

「行っておいでよ。気負うことないから。花でも持って、普通にお見舞いに行けばいい」

三十年の人生で、物心ついて以来、ずっと恨んできた男。

自分と母親を捨てた一徳への、復讐心だけをよすがに生きてきて、そして見事に成功を手にした今でも、胸に燻る憎悪は消えていない。

消えることはないだろうと、ずっと思ってきたけれど、腹違いの兄である黒沢さんとの関係も、以前に比べればずっと丸くなった。

黒沢さんも、愛人の子である陣野に対して色々と思うところがあるんだろうけど、それは立場の違いがある以上しかたのないことだと、少しずつわかってきたようだ。

気持ちは変わる。時間をかけて、ゆっくりと変わっていけるものなのだ。

ならば、今まで一度として直接対決することのなかった一徳とも、まずは顔を合わせるところから始めなければならない。

どんな男なのか。何が憎かったのか。憎み続ける価値があるのか。

俺と出逢ったことで幸せの意味を考えはじめて、明らかに変わってしまった心で感じて、そこにもう以前ほど激しい憎しみを見つけられなくなったのなら。

そのときにこそ、陣野一臣の復讐が終わるのだ。


俺と陣野の人生で、たぶん出逢いのときに次ぐ大事である、その日。

でも、俺には出番がなかった。入院先の病院には、多かれ少なかれマスコミが張り番をしてるだろうから、俺はマンションで待機することになったのだ。

黒沢一徳は本人が望むほどに、政治家として認識されてはいないが、老舗(しにせ)デパートを経営する黒沢一族の当主としてなら、じゅうぶんなネームバリューがある。ゴシップネタを漁(あさ)るライターの嗅覚(きゅうかく)を侮(あなど)ってはいけない、ってのが黒沢さんの言だ。

「待ってるだけか、俺ができるのは……」

俺はカウンターに頬杖ついて、ため息をこぼす。

陣野と黒沢一徳の直接対決の瞬間が、劇的になることを望んでいたわけじゃないけど、もっと長引くのではないかと思っていた。どちらも折れず、憎みあいは泥沼化して、陣野自身も荒(すさ)んでいくのではないかと——そんな心配ばかりしていたから、この成り行きは想像外だった。

でも、現実ってやつは、簡単に想像をくつがえしてくれる。

どれほど波瀾万丈の経験をしようとも、もっとも大きな山場は、意外と引っかかりなく過ぎてしまうものなのかもしれない。

そして、あまりに呆気ない幕切れを経験して、初めて気がつくのだ。

――俺は何をしていたのだろう、と。

本当にこんなことのために生きていたのか、と。

不器用な人間は、そんな物足りなさたっぷりの目覚めを味わって、ようやく生き方を変えようと思えるのかもしれない。

「さーて、掃除でもするか……」

ボーッとしていてもしかたないから、俺は腕まくりをしながら用具置き場へと足を向ける。

だだっ広いのが取り柄のペントハウスを、隅々まで磨き上げるのは一仕事だから、無心になりたいときにはちょうどいい。家具の隙間の埃を掻き出したり、窓ガラスを磨いたり、なんやかやとバタバタしつつも掃除機をかけ終わったころ、俺の携帯がメールの着信音を奏でた。

『用事は終わった。今から帰る』

陣野からの、業務連絡のような素っ気ない一文。

それから一時間ほどして、仕事から帰ってきたときと変わらぬ態度で、ただいま、と言いながら陣野は玄関に姿を現した。

待ちかねていた俺だったが、口から出たのは、いつもの言葉だ。

「お帰りなさい」

この部屋に、俺のいる場所に、陣野一臣が築いた場所に、帰ってきてくれてありがとう。

疲れを滲ませながらも、リビングのいつものソファに深々と身をあずけ、安堵の息をつく陣野にコーヒーを淹れて、俺も対面の席に腰掛ける。

「――で、どうだった？」

さりげなく問いかければ、陣野もさほど気負った感もなく、うん、と生返事をする。

「意識は戻っていた。まだボンヤリしていたし、とうてい起きられる状態ではないが、ひとまず最悪の事態は回避できたようだ」

「そう……。じゃあ、一安心だね」

「そうだな」

陣野は、そのまま視線を宙に飛ばしながら、何事か考え込んでいる。

「なんだろうな。――不思議なほど、何も感じなかった」

ぽつり、と誰にともなく呟いた。

「ちっぽけな男だった。何度かテレビで姿を見たが、あんなに小さな男だったんだな」

「病気のせいじゃない。入院してからは点滴だけでしょう。もうトシだし、体力は一気に失せるもんだよ」

「ああ……。そうなのかもな」

どこか納得のいかない表情――陣野にとって黒沢一徳という男は、常に目の前に立ちはだかる強大な敵であったから、たとえ自分の目で確認してさえも、衰えてしまった男の姿を現実として認められないのかもしれない。

そんなに弱いはずはない。

そんなに脆いもののわけがない。

でも、人は年老いる。そして力を失う。

それは誰にでも平等におとずれる、人生の道程だ。

でも、働き盛りの男に、それを理解しろというのが無理だ。ウチには祖父ちゃん祖母ちゃんがいるけど、家族に恵まれない陣野には、本当に老いの残酷さがピンとこないのだろう。

頭の中にはぐるぐると、あれが本当に黒沢一徳なのか、との自問が渦巻いているのだろう。

「まあ……、見舞いに行ってよかった、のかな」

まだどこか定まらない視線のまま、吐息とともに陣野が呟く。

「うん」

俺は席を立って陣野の隣に腰掛け直し、頭をコトンと大きなその肩に落とす。

ここのところずっと陣野がめげていたぶん、俺が受け止め役だったから、こんなふうに寄りかかるのは久しぶりだ。

「よかった、って一臣さんが思ってるなら、それでいいんだよ」

やっぱりこの安心感が、俺は好きだ。

そっと手を重ねると、大きな指がゆっくりと握り込んでくる。それを握り返す。力を入れて、抜いて、くすぐったい感触を味わいながら、何度も握りあう。

「――もう、いいのかもな」

耳元で陣野の囁きが聞こえる。憔悴（しょうすい）した様子も、茫然とした感じもない。

いつもの陣野の声だ。

一日の仕事を終えてきたあとの、安堵を含んだ、ほんの少し掠れた声。

「俺も、斎木も……おまえだって、五十年もたてば、みんなジジイだ」

「ジジイじゃないよ。俺達はみんな、超ステキなロマンスグレーになるんだから」

誰だって歳をとる。それはわかっている。

けど、二十四の今はまだ、実感なんか、かけらもない。

まだつかみどころのない不確かな未来で、俺の隣にいるのは、誰だろう？

想像もできないけど、なんとなくこのままいっしょにいられればいいかな、とも思う。

――病（や）めるときも健（すこ）やかなるときも、死が二人を分かつまで……。

執拗に結婚式を挙げたがる陣野のおかげで、何度も誓いあった言葉。おかげで、そらんじられるほどにインプットされてしまった。

日本じゃ、キリスト教徒でもなければ、結婚式で『死ぬ』とか『病む』とかって縁起の悪い言葉は厳禁だけど、でも、『死が二人を分かつまで』というくだりが、俺は好きだ。

最期の瞬間まで、いっしょに歩いていく。

たとえ、それが単なる希望でも、期待でも、建前でも、錯覚でも、空言でも、本気で口にできないなら、伴侶になんてなれはしない。

だから、俺は今を信じる。

こうして二人いっしょにいる時間を、大切にしたい。

「――いつまでも卑怯じゃいられないな」

「ん？」

「俺も、行動を開始する」

「行動？」

引き寄せられるままに身体をあずけ、間近から覗き込んでくる瞳を捉える。

わずかに細くなった目が、笑む。

口元が柔らかく開き、甘い吐息が俺の耳朶に吹き寄せてくる。

「ご両親にご挨拶に行くぞ。息子さんをお嫁さんにくださいってな」

え？　と俺の口は、疑問の形に固まってしまった。

今のは空耳かな？　と自問自答する。でも、幻聴ではない。

目の前の男は、どれほど誓っても、どれだけ身体を繋いでも、いつもどこかに見え隠れしていた陰りの薄いベールを、きれいさっぱり脱ぎ捨てたみたいに、さっぱりとしている。

それがどんな感情か、俺は知っている。

幸福という。

「……挨拶って、あ、あの……、それ、マジで？」

「マジだが、妙なことか？」

「え？　う、ううん……」

「私ときみは、すでにウォルフヴァルトで式を挙げている。日本では許されなくても、正式な夫婦だ。いつまでもご家族に黙っているほうが、よほど妙なことだと思うが」

「で、でも……、ウチには祖父ちゃんと祖母ちゃんがいて……」

「ショックを与えたくないと言うのだろう。——お二人は、寺巡りが趣味と聞いたが。ちょうど季節もいい。お二人に旅行をプレゼントしたらどうだ？　一週間ほど」

「旅行……？」

「ご両親へのご挨拶は、そのあいだにすませる。——むろん、認めてもらえるとは思っていない。息子に男の恋人がいるなんて青天の霹靂だろうし、怒髪天を突く勢いで反対されるだろう。何発か殴られるくらいの覚悟はしている。——だが、これ以上黙っているのは、卑怯な気がする」

「一臣さん……」

ああ、こんなに色々考えてくれてるんだ。

あの傲慢大王の陣野が、俺のために……俺達のために。俺達の未来のために。

そう思うだけで、胸の中が、じんわりと熱くなってくる。

その気持ちはありがたい。本当に嬉しい。

「けど、親父……絶対に首を縦には振らないと、思う」

「だから、それはわかってる。怒られるのは承知の上で、ご両親にだけはご報告しておきたい」

「でも……ウチの親父って、イマドキこんなのいねーよってほどの熱血教師だぜ。虐めの現場見つけて、生徒殴って、問題になったこともあるし。もともと下町育ちってこともあるんだけど、人間の性根は、拳と精神論でどうにかなると思ってる、前世紀の遺物のようなタイプだし」

「それでいいんだ。俺は、父親との戦いが得意だから」

「へ……？」

「俺は黒沢一徳という男を叩きのめすために、長いあいだ生きてきた。——だが、病室で、一回りも小さくなって、ただぼんやりと寝ているだけの黒沢一徳を見て、俺にはもう戦う相手はいないのだと思った。こんなことがあるだろうことすら想像もせず、ただあいつを屈服させるためにだけ生きてきて……俺の手には、もう何もない……」

両手を開いて、空っぽになった手を見つめる。つい数日前までは、そこに、黒沢一徳に対する憎悪を糧に築いてきたすべてが、詰まっていた。

今はもう何もない。なんのために積み重ねてきたのか、その意味を見失って、大きな両手のひらに、今は不完全燃焼の残りカスがあるだけだ。

「だが……」

陣野は、両手を強く握り締める。

大切な何かを今度こそ離すまい、という決意を秘めて。

「俺には、もう一人、父親と呼べる人がいたのだ」

再び顔を上げたとき、そこに憂いの色はなかった。

ベッドの中ですら、まるで俺の気持ちを試すかのような変態プレイを続けてきた陣野に、常につきまとっていたどこか荒んだ雰囲気が、きれいさっぱり消えている。

「黒沢一徳のときのように、憎悪からでなく、愛する人の父親という、尊敬できる立場の人に、なんとか俺のきみへの想いを理解してもらう――それもまた、ひとつの戦いだと思うのだ」

「一臣さん、本当に……？」

「ああ、この決心は揺るがない。きみのためと思えば、一生かかっても悔いはない」

憎悪のためではなく、愛情のために、この先の人生を、俺のあの頑固親父を説きふせるために使ってくれる。そう言うのだ、陣野は。それこそが喜びなのだと。

「めいっぱい怒鳴られるよ」

「それは当然だろうね。同性との婚姻を簡単に認めるご両親なら、こちらから説教してやりたいくらいだ」

「たぶん、殴られる」

「知ってるだろ、俺は頑丈なのが取り柄だ。あの蛇男の竜樹と、同等にやりあえるんだぞ」

「うん」

「その上、執念深い」

竜樹――大っ嫌いな男だけど、今回ばかりは感謝しないと。

あの男が、一歩先んじて三森家に入り込もうとしてくれたからこそ、復讐相手を失って虚脱していた陣野は、いつまでも意気消沈している場合ではないと気づいてくれた。

いやなやつだけど、それでも欲望に忠実という点では陣野をもしのぐあの男の行動力が、新しい目的を与えてくれたんだ。

「一生かけても、私はきみのご両親に認めてもらえるよう、心を尽くす」

「うん」

それなら、俺だって覚悟を決めなきゃ。

陣野を連れていったら、その場で勘当を言い渡されるかもしれないけど、それくらいの覚悟がなくて、どうして幸せが追えるだろう。

「いっしょに行こう。俺も、頑張るから」

うなずきながら俺は、まっすぐに陣野を見つめる。

「ああ。行こう」

陣野の指先が俺の頤（おとがい）に触れる。それを意識して顔を上げれば、そこに、うっとりと笑んだ愛しい男の顔がある。

5

——ああ、もうぜんぜん余裕がない。

焦れったくて、胸がざわついて、もっと熱が欲しくて、ひたすら互いを求めあう。

ベッドの周囲には脱ぎ捨てた服が散乱しているのに、唇はずっと陣野の口づけに塞がれているか喘いでいるかだから、後片づけする俺の手間も考えろよ、なんてお小言を食らわせてやる隙すらない。

一糸まとわぬ姿になってしまえば、一刻も早くひとつになることしか考えられず、発情した獣のように、ほとんど無理やりに身体を繋げる。

「んっ……くぅぅ……！」

奥歯を噛んで、衝撃に耐える俺の頬に、耳朶に、喉に、少しでも快感を深めるためにと、陣野の唇と舌が這い回っている。

いつもよりさらに体温が高いのか、触れる部分がどこも熱い。

こんなにも……そうだ、俺の一臣さんは、こんなにも情熱的な男だったのだ。

「あっ！　ん、ふぅんっ……、か、一臣さん——…」

痛みと紙一重の強引な挿入にもかかわらず、まだやわらいでいないはずの内壁は、どこか腑に落ちないようにうねりながらも、いっぱいに張りきった猛りを受け入れようとしている。

少しばかり汗に濡れているだけの場所では、戸惑いを含みながらも、早くも肉の摩擦によって、火花のようにチリチリと眩い快感が、生まれはじめている。

「まだ、キツイな……。だが、待って、やれないっ……！」

「んんっ……、ま、待たなくて、いいっ……」

「それなら、遠慮しない……！」

プレイ好き、イベント好きの陣野が、『過去よさよなら、未来よこんにちは記念日だ！』と浮かれることとさえ思いつかず、ただ乱暴なまでに熱いキスで俺の肌を埋め尽くしている。

両手のひらは休む余裕もないとばかりに、敏感な箇所を探しては、くすぐるような愛撫を続けている。その指先が、俺の胸元へと伸びてくる。

「……あ、んっ……!?」

小さな突起を、爪の先で引っかけては弾かれ、さらに指の腹で押し潰されると、もどかしいほどの疼きが湧き上がってきて、性急な交合に未だ戸惑いを隠せなかった身体が、心地よく弛緩していく。とろりととろけて、内部の脈動に合わせて蠢きはじめる粘膜の、素直すぎる反応に、目の前の男が満足げに笑む。

「ああ……、よくなってきたようだな」

低い囁きが、乱れた吐息とともに落ちてくる。

そのまま耳孔の中まで舌先でやんわりと突っつかれて、その周辺の皮膚を軽く吸われただけで、ざわざわと妖しい予感が、濡れた感触のその場所から全身に向かって広がっていく。

「あ……そこ、くすぐったい……。ふ、んぅっ……」

恍惚のため息とともにこぼれるおねだりの、媚びるような甘ったるさはいったい誰のものかと、何度も不思議に感じたことの意味が、今ならわかる。

——相手が一臣さんだから。

愛する男だから、こんなに感じて、こんなにも喘ぐ。

そんな単純なことなのに、わかっていたはずなのに、でも、心のどこかに素直になりきれない俺がいた。そもそも意地っ張りだからか、男の安っぽいプライドのせいか、どうしても羞恥を捨て去ることができなかった。

でも、今、未来を向きはじめた恋人の腕の中で、俺は邪魔なだけの理性を放棄する。

互いのすべてで愛しあうために、よけいな感情はすべて排除して、睦みあい、抱きあう。

「んっ……！　そ、そこ、……ッ……、あっ!?」

ここか？　と確かめながら陣野は、ささやかなくせに、もしかしたら感度は女以上かもしれない乳首を、ねろりと舌先で嘗める。

肉厚の唇から覗く赤い舌が、すさまじく扇情的に蠢いている。

「う、ふうぅ……！　そっ、やぁっ……！」

「可愛い声を出して……。いいんだな、ここが？」

「ん……。ねえ、もっとぉ……！」

甘える声で、俺はさらなる刺激を欲して胸をのけ反らせ、充血した乳首をさらす。

ゆるい抽送を続けるあいだも、悪戯な指先と舌が、両方の突起をくりくりと転がす。望みさえすれば、すみやかに与えられる愛撫に、たまらなく感じて、俺はあられもなく腰を振る。

「はぁぁ……、一臣、さんっ……！　ふうぅんっ……」

じくじくと体内に燻る熱を持てあまし、俺は夢中で陣野の髪に指を絡めて、もっととねだって引き寄せる。乳首を食んでいた獣のような舌遣いが、うっとりと肌を迫り上がってくる。

鎖骨から喉元へ、顎へ——その先で半開きで喘ぐ俺の唇へと、ねっとりした感触が這ってきて、絡まりあう熱い口づけとなって、燃え上がっていく。

「はあぁ……」

唇のわずかな隙間が寂しいと、両手で陣野を強く引き寄せながら、深く深く重ねあう。

どくどく、と激しいリズムで、鼓動は俺の胸を内側から叩く。

同じほどに乱れる心音が、密着した陣野の胸から響いてくる。

それが嬉しい。ただ、二人ともに、欲する気持ちが同じだということが。

「ああ、いいぞ、ミオ……、よく締まるっ……！」

陣野は夢うつつというふうに、細く両眼を眇めながら、低く掠れた喘ぎを放つ。

「は、あっ！　お、俺も……、い、いいっ……ひぁぁっ……!?」

激しすぎる律動を受け止めるために、両脚を強く陣野の腰に絡ませて、同時に繋がった内部を意識して蠢かせ、触れあう肌のどこもかしこもが互いの熱でとろけるような一体感を味わうため、激しく腰を揺らす。

下腹部が淫らに波立ち、そこに陣野がいるのだと、胸苦しくなるほどの官能が教えてくれる。擦れあう粘膜が生み出す快感といっしょに、二人が発する熱量が、あっという間に身の内に溜まっていって、全身の汗腺からぶわっと音がするほどに汗が溢れていくのが、わかる。

強く揺さぶられた拍子に口づけがほどけ、身の内にぐずぐずと溜まっていた官能が、ようやく見つけた出口を求めて、淫らなばかりの嬌声となってほとばしっていく。

「……やっ……あぁぁぁ――……！」

深く抉るような律動に合わせて、俺も必死に腰を搾る。そのたびごとに交合部から、ぐちぐちと淫靡(いんび)な音が響いてくるけど、今夜はそれすら嬉しい。

「ふ……。いいか？　すさまじくいやらしい顔をしているぞ」

「く、ふうんっ……、だ、だってぇ……、はあっ……」

感じないわけがない、こんな大事な夜に。

俺と出逢ってからイベントの楽しさに目覚めた陣野が、カレンダーが赤丸でいっぱいになるほどあれこれと記念日を作ってくれるが、俺はどんな日よりも今夜こそを大事な記念日にしたい。

憎しみに凝(こ)り固まっていた陣野が、愛に満ちた未来へと目を向けた、記念日なのだから。

俺を見下ろす瞳に、もう以前のような陰りはない。

斜に構えた皮肉めいた笑みも、過去を思い出しては荒んだ瞳も、他人を傷つけても後悔すらなかった心も、今はもう遠い。

俺を抱く腕に、俺を見つめる目に、肌に落ちる吐息に、心地よい熱気が満ち満ちていて、それが嬉しくてたまらない。こんなにも晴れやかに、ただ快感だけを追って、夢中で抽送を速めていく陣野の情動が、俺を燃やす。

皮膚を、内壁を、心を、鮮やかに燃やしていく。

ここにあるのは、愛だけだ。

「は、んんっ……！　いっ、あ、熱っ……！」

思うさま後孔を窄め、さらなる深遠へと誘って、全身全霊を懸けて受け止める。

二人の体重を支えるベッドの軋みが。

乱暴な抽送に合わせて、ぱんぱん肉打つ音が。

すっかり汗に潤った交合部から、湧き上がる淫猥な音が。

うるさいくらいに、部屋に満ちる。

揺れる視界の中、生理的なだけでない涙に滲んだ瞳で捉えた男の顔は、わずかに苦悶に歪んでいるが、それでいて楽しくてしかたないという感じに、汗を弾かせて光っている。

普段なら、ここぞとばかりに揶揄が飛んできそうなところなのに、今夜の陣野はそんな素振りすら見せない。

「くっ……！　ああ……ミオ、いいぞ……」

快感のままに呻くだけだ。

それに煽られるように、知らずに締めつけた身の内で、埋め込んだものがどくりと脈打って容積を増した。

「は……ああっ、か、一臣さん……。一臣、さんっ……！」

陣野にも俺にも、もうよけいな言葉を発している余裕などない。

夢中で名前を呼びあって、深く繋がって、ひとつになるこの時間を味わい尽くしたいと、俺はひたすら陣野の背にとりすがる。両手のひらが、陣野の肩胛骨の逞しい隆起に触れる。

――ふと、そこから、天使のような羽根でも生えてきそうな気がした。

たぶん、天に駆け上がっていくような、官能的な浮遊感のせいだろう。でも、それが錯覚でしかないことも、わかっている。

陣野は決して天使じゃない。『ジュエリー陣野』を一流と呼ばれる宝飾店にするために、斎木と二人で、容赦なく邪魔者を排除し、違法なことすら平然とやってきたのだから。

どれほど心を入れ替えようと、そうそう性根が変わるはずもない。

この先も天からの祝福なんて、期待するだけ無理というもの。それほどのことを陣野はやってきて、すべてを承知で、俺はこの男と生きていくと決めたのだから。

「俺……、どこまでも、ついていくからっ……！」

もしも陣野が過去の罪過のせいで、罰を受けるようなことがおこったときには、俺が自分の翼で陣野を救ってみせる。

それができなければ、いっしょに墜ちよう、地獄だろうとどこだろうと。

どうせ、こんな行為など祝福されるはずがないと、わかっている。けれど、たとえ堕天の徒になろうとも、二人いっしょなら怖くない。

ソドムの禁忌を犯して、天国の門の前で裁かれるほどの罪であろうと、俺達が互いを許す。

「ああ……、か、一臣さん……」

俺自身が一個の性器になってしまったかのように、どこに触れられても感じる。

キスのあいだから漏れる吐息や、ぽたりと陣野の顎から滴る汗や、そんな些細なものさえもが、まるで媚薬のように甘やかに、過敏になりすぎた肌を愉悦の焰で灼いていく。

薄目を開けてみれば、俺の好きな男の欲情に満ちた顔がある。

乱れ落ちた前髪が額に貼りついた様が、目に眩しい。

整髪料の匂いに混じった陣野の体臭が、鼻腔をくすぐる。

そういった、陣野が振り撒く男の色香のあれこれが、否が応でも俺の気持ちを煽っていく。

俺を抱く二の腕の強さに、重なった胸の中で高鳴っていく鼓動に、飢えを満たさんとするような貪欲な口づけに、陣野の熱い想いが溢れ返っていて、俺を泣きたいような気にさせる。

「あっ……！　も、もっと……、ね、ふうぅん……」

触れては離れるキスの合間からのおねだりは、重なってきた唇に荒い喘ぎごと吸いとられていってしまう。それでも、言葉より明確に俺の願望を拾った男が、的確な動きで望む以上の刺激を与えてくれる。

大きな両手が、がっしりと俺の腰を押さえ込み、粘っこいほどに執拗な律動を、最奥目がけて送り込んでくるのだ。

腰が浮いたぶんだけ上体が離れ、目の前に筋肉隆々とした胸板が現れる。

逞しくうねるそこに舌を這わせ、どくどくと欲望を刻む鼓動の乱れを感じながら、汗のしょっぱさを味わう。それがくすぐったいのか、焦れたように胴震いした陣野は、わだかまる熱の発露を探して、いちだんと強く俺の中を穿つ。

余裕もなく乱れていく男の気持ちが嬉しくて、俺の心臓もまた同じように加速していく。

錯覚であろうと、ひとつになる瞬間を求めて身体を繋ぐだけでなく、二人が同じ気持ちで同じほどに昂ぶっていく——その一体感を味わいたくて、人は抱きあうのだろう。

どちらか一方が支配するのでも、どちらか一方が煽られるのでもなく、互いの興奮を感じながら、二人、同じリズムで官能の階段を駆け上がっていく。

絡まる肢体からほとばしる汗が、急激に上がっていく体温が、乱れに乱れた鼓動が、すぐそこまで絶頂が近づいていることを示している。

「ん……ふうぅ……！　か、一臣さん……、俺、もうっ……！」

自分の深い場所で暴れ回るものの刺激に、とろけきった内壁が引きつって、もう我慢できないと歓喜の悲鳴をあげているようだ。

「ああ……俺もだ……、くそっ……！」

なんで終わりがくるのかと、眇めた双眸に、快感と同じほどに口惜しさが滲んでいる。

「もう、出すぞっ……！」

獣のような呻りが、陣野の喉からほとばしる。

わん、と耳鳴りがするほど鼓動が乱れ、強くつむった眼裏が興奮でまっ赤に染まる。

そうして訪れた放埒(ほうらつ)の瞬間、陣野を咥え込んだ場所がひくひくと収れんし、最奥に放たれた熱い体液を感じながら、俺もまた下腹部を痙攣させて、昂ぶった先端からたっぷりと溜め込んだ精を吐き出した。

行き場を求めていた熱が一気に堰(せき)を切って溢れていく放出感に、俺は陸に打ち上げられた人魚のように、ぴちぴちとシーツの上で跳ねた。

「あっ……、ああっ……」

緩急つけて湧き上がるだけでは治まらず、だらだらと果てもなく続くような感覚が、官能の深さを物語っている。

「……ミオ……」

ぐったりと俺の胸に倒れ込んできた男が、心地よさげに呟いた。

「愛してる」

それに続いた告白に、俺は目を瞬かせる。

あまりにストレートな言葉だけど、いちばんこの場にふさわしい言葉。

「うん」

くふん、と鼻を鳴らし、俺は陣野の唇に頬をすり寄せる。キスでもねだるような、その仕草に反応して、まだ息の整わない陣野の唇が、俺の唇に重なってくる。

散々喘いだせいで、すっかり渇いた喉に注ぎ込まれる愛しい男の蜜が、胸に満ちると同時に、唇を塞がれたことでようやく見つけたはけ口を失った熱が、再び身体の中にわだかまる。

でも、どうせ一度では終わらない。

放出のあともなお、俺の中にある猛りは、萎える気配もない。

俺だってそうだ。ちっとも満足していない。一晩中でも抱きあっていたい。

「……俺も、愛してるよ」

運命、なんて言葉を、簡単には使いたくない。

どこかに世界を支配する超越的存在がいて、人の一生も、最初から最後まで決められているとしたら――出逢いも、努力も、懊悩も、チャンスすら、誰かの手のひらの上で踊らされているだけだとしたら、生きることに意味なんかなくなってしまう。

でも、俺と陣野との関係だけは、何か特別な力が働いているような気がしなくはない。

出逢いの日、あまりに横柄な態度に、売り言葉に買い言葉でムキになって挑戦したときには、すでに囚われていたのかもしれない、この運命に。

「一臣さん、大好き……！」

鼻先を陣野の胸にぎゅっと押しつけるようにして、顔を寄せる。

いつのときも変わらず、どくどくと響いてくる心音に、泣きたいような気持ちになる。

あの日、陣野が突然現れて、俺を恋という名の嵐の中へと運び去ってくれたように、世界が色鮮やかに輝き出すような瑞々しい息吹のようなものを、あげられたらいいのに。

喜びや、あたたかさや、寂しさや――たとえそれが負の感情であろうと、虚無以外の何かをその胸に宿しはじめた男に。

世界は美しい。そして、優しい。

幸せなんて、意外と身近にあるものなのだと。

どれほど未来を見はじめたといっても、まだまだ不安な恋の中、ようやく立ち上がったばかりの男を抱き締めながら、俺はそう祈る。

この男を、この熱を、ここにある確かな愛の形を、すべて含めてこの未明の時刻の中で、信じあえるようにと。


築三十五年、お世辞にも立派ともきれいともいえない木造二階家。わずかな雑木とプランターが物干し場の周囲を埋めている、猫の額ほどの庭。それが、俺が育った家だ。

門扉(もんぴ)の前に立って、陣野が緊張丸出しの声を出す。

「……こ、これでいいかな？　変じゃないか？」

今朝から何度めだよ、それ。『ジュエリー陣野』のオーナーとしての貫禄(かんろく)で、スリーピース姿は板につきすぎているのに、まるで七五三を迎えた子供のようにがちがちになっている。

花嫁の父親への挨拶となれば、一生に一度の大事。

さしもの陣野も、傲慢な俺様大王ではいられないというわけだ。

「大丈夫だって」

「ネクタイ、ちょっと曲がってる気がするんだが」

それもうんざりするほど聞いたし、もう直しようがないほど直したけど、気分的なものだからちょっとだけ引っぱって、整えてやる。

「ほら、これでいい。ちゃんとカッコいいよ」

「そうか」

こんなことでホッと安堵の息を吐く陣野が、やけに初々しく見える。就活のまっ最中、第一志望の会社での面接をひかえた大学生、って雰囲気かな。

「よし、行くか！」

俺にではなく、自らに活を入れる勢いで陣野は声を出して、がちがちの指先でインターフォンのボタンを押す。

ピンポーン、と家の中から聞こえてくるくぐもった音に、思わずのけ反った様が、本当にこいつがあの傲慢男かと思うほどに、情けない。

——もー、そんなんで、ウチの熱血親父とやりあえるのかよ。

親父は本当にマジで怖いし、俺が大事な人を紹介したい、って事前に連絡を入れておいたから、たぶん今日は何かがあると察して、鬼のような気構えで待っていることだろう。

まあ、認めてもらうなんてとうてい無理だし、すでにソラがあれこれ匂わせているだろうから、いきなり拳が飛んでくる可能性だってなくはない。

せめてサンドバッグにされても、そのデカい身体で耐えてくれよ。

ドアの向こうから響いてくる、ぱたぱたと軽い足音を聞きながら、俺は陣野の腕を取る。

「ねえ、一臣さん」

見上げればそこに、緊張のせいか普段よりさらに凜々しい男の顔がある。

「ん？」

今はもう、初めて出逢ったときに俺をうんざりさせた、皮肉の笑みも陰りの色もなく、期待に輝く瞳に映っているのは、最高に嬉しそうな俺の顔だ。

だから俺も、胸いっぱいのときめきをすべて込めて、伝える。

「俺達、いっぱい、いっぱい幸せになろうね」

返ってくるのは、もっと幸せそうな微笑みだ。

「ああ」

輝くような声だ。希望漲る声だ。頼もしい声だ。

今日も、明日も、一カ月後も、十年後も、二人の気持ちが変わらないかぎり。

そもそも偽の結婚式で、偽りの誓いから始まった関係だけど、それを本当にする力は、俺達が持っている。

もう、憎んだり、恨んだり、絶望したりはこりごりだ。楽しくて、あたたかくて、笑顔がいっぱいで、いつも手を繋いで歩いていける、そんな日常を手に入れる。

勢いよくドアが開いて、グラデーション三兄弟のさらに下、唯一の女の子でいちばんしっかり者の優子が、ひょいと顔を覗かせる。

「あー、ミオ兄、お帰りぃ」

陣野を見たとたん、利発な瞳を茶目っ気たっぷりに輝かせる。

「あ、例のお客様かなぁ。ソラ兄に聞いてるよ。――いらっしゃい」

その物言いで、すでにソラの口から、いいことも悪いことも含めて陣野の噂が、家族中に伝わっていることが知れて、俺はヒクッと口元を引きつらせる。

でも、陣野の横顔に揺らぎはない。

初めての顔合わせとなる優子に、優しい眼差しを注いでいる。

ふふふ、と意味深に笑んで、優子は軽やかにスカートを翻して踵を返す。

「お父さーん、ミオ兄だよぉ！」

甲高い声が、三森家の狭い廊下から応接間へと響き渡っていく。

俺がすがっている陣野の腕に、緊張が走る。でも、それも一瞬のこと。

「さあ、行こう」

清々しく決意に満ちた声が、僕を誘う。

――さあ、行こう、未来へ、と。

そして、俺達の新たな明日が始まる。


――おわり――

出逢いは屋上で

～陣野と斎木の高校時代編～

四十五分という中途はんぱな昼休みの時間を、陣野一臣は、いつものように風通りのいい屋上ですごしていた。

他の校舎と隔絶するように、ひとつだけぽつんと建つ四階建ての実習棟に、用もないのに足を向ける生徒はそう多くないことに気づいたのが、入学して三日目のこと。そこを自分専用の隠れ家兼休憩所と決めて、一カ月。

思ったとおり、誰にも邪魔されたことはない。

十五歳にして、身長はすでに一八〇センチ近い。見るからに鍛えられたとわかる屈強(くっきょう)な体軀(たいく)と眦(まなじり)の鋭い双眸のせいか、ダサさの極みの学ランさえ着ていなければ二十歳以上と誤解されることも珍しくはなく、精悍(せいかん)な顔立ちも相まって女に不自由したためしもなかった。

中学のときは、休み時間になると女に囲まれて閉口したものだが、男女比八対二ほどの工業高校ともなれば、まとわりついてくる数にもかぎりがある。ついでに、陣野以上に女心をくすぐる王子様とやらが新入生の中にいるおかげで、校内での希少な喫煙タイムをゆっくりとすごすことができる。

屋上を囲むフェンスに寄りかかれば、背後からグラウンドの喧噪(けんそう)が否応なしに聞こえてくるが、わざわざ意識から遮断するほど気になるものではない。

都内とはいえ山手線（やまのてせん）の外側で、近くにけっこう大きな公園があるせいか、ビルの谷間という圧迫感はなく、そこそこに景観もいい。

もっとも、敷地の周囲を鮮やかに飾るツツジの赤をうっとりと愛（め）でるような情緒は、陣野にはない。それにあまり好きな色でもないし、と浮かびかけた記憶には二重三重の蓋（ふた）をしつつ、手に持ったコンビニの袋を漁る。

肉より衣のほうが厚いトンカツ弁当を烏龍茶（ウーロンちゃ）で流し込んで、味気ない昼飯を終えると、ズボンのポケットから、くしゃくしゃになったタバコの箱を取り出す。

慣れた仕草で一本を口に咥え、百円ライターで火をつける。肺まで深く吸い込んだ煙を、ゆっくりと吐き出す。じわじわと遅効性の毒で犯されていくような感覚が心地よくて、この歳でタバコを手放せなくなっている。

最初にこんな悪さを教えてくれたのは誰だったか——母親の同僚のホステスか、客の一人か、バーテンか、それすら忘れてしまった。

ただラッキーストライクの銘柄（めいがら）に、お初の経験の名残をとどめているだけだ。

どうせ、ものの数秒で消えてしまうのに、五月晴れの空へ上っていこうとしている煙の行方を見るともなく見ていると、ガチャと鈍い金属音が響き、陣野の意識を、屋上への唯一の出入り口に引き寄せる。

視線の先、姿を現したのは、落ちこぼれ高校のレッテルが貼られた公立高校には、ひどく不似合いな、優雅とか上品とかいう形容が似合う男だった。

見覚えのある顔だった。名前は……確か、斎木朝人だ。

他人はおしなべて『どうでもいい』というくくりに入れてしまう陣野が、入学して最初に覚えた男だ。

何しにきた？　と思いつつ、烏龍茶の空き缶を灰皿代わりに、トンと灰を落とす。

「あれー、先客。お邪魔していい？」

語尾は疑問形なのに、斎木は返答も待たずに、二人でならじゅうぶん顔を合わせずにいられる程度には広い屋上で、わざわざ陣野の隣に腰を下ろす。

「立ち入り禁止の貼り紙あったぜ。いいのかよ？」

あげく、自分のことは棚に上げて、のうのうと訊いてくる。

だが、陣野はそれに輪をかけて、不必要なものは排除する便利な目を持っているから、こうして聞かされるまで、そんな貼り紙にさえ気づいていなかった。ただ、規律を守る生徒など皆無の高校に、『立ち入り禁止』なんて意味のない代物（しろもの）があったのかと、呆れるだけだ。

斎木もまた、生徒手帳の禁止事項どころか法律や常識にも囚われないタイプらしく、タバコを取り出すと、当然のように火を貸してくれと言う。

断るのも面倒だからと、陣野は咥えタバコのまま顔を無遠慮な男に向ける。

「サンキュー」

火をつけるために間近に寄ってきた、男にしては妙に艶っぽい口元が、否応なしに目に入る。

リムレス眼鏡の薄い色つきのレンズ越しにも、日本人にしては色の薄い瞳の中に煌めくセピア色の虹彩(こうさい)が、はっきりと見てとれる。

　異様に整った顔立ちと、自前だろうチャパツや目の色は、どういった遺伝法則の産物なのかと、他人事に興味のない陣野でさえも目を引かれるほどの、妖しさがある。

　だが、それ以上に、この男が記憶に残った理由は、新入生代表として――つまりは入試の成績トップとの看板を引っさげて――入学式でぶちあげてくれた、スピーチと称する延々二十分にも渡る大学教授ばりの地質学の講義ゆえだった。

『活断層のわずかなズレでさえ大地震をおこす可能性がありすぎる、埋め立てと富士山の灰からなる脆弱(ぜいじゃく)きわまりない関東ローム層の上に、出入り口が三カ所しかないという防災観念ゼロのこの講堂が建造されて四十五年。未だに改築の話すら出ていない場所に生徒を詰め込んでの入学式なる代物は、国歌斉唱うんぬん論争以前に無用の長物(ちょうぶつ)ではなかろうかと思うのだが。その総代に選出されて、栄誉の行ったり来たりである身で何を語るべきかとつらつら考えるに、やはり自らの主義主張を述べさせていただくのが最善かと思ったわけで……』

　唖然、茫然、愕然。

　あまりに遠回しすぎて、いったい何がテーマなのか、何をこきおろしたかったのか、理解した生徒はほとんどいないだろうと思える口上(こうじょう)を皮切りにして始まったそれは、途中で校長が止めに入らなければ、そのまま一時間でも続いていたことだろう。

　陣野も、こうやって立ち入り禁止の屋上でタバコを吹かしているくらいで、真面目などという言葉には縁遠い男だが、硬派で武闘派な見かけに反して頭はそこそこに切れるから、天才となんとかは紙一重とはいうが、ここまでなんとか寄りの男を間近に見たのは初めてだな、と物珍しく思ったのを覚えている。

偏差値七十四、全国でもトップレベルの高校に楽々入れる頭脳を持っているらしいとの、まことしやかな噂は、入学式の翌日には廊下を歩いているだけでも陣野の耳にまで入ってきた。

ついでに言うなら、陣野に穏やかな喫煙タイムを提供してくれた『王子様』なる呼称を与えられたご当人でもある。

このルックスに知性のオマケがついているのだから、二割しかいない女生徒が、大多数の男どもの淡い期待を見事に裏切って斎木のファンになってしまっても、いたしかたないだろう。

よもや女どもを引き連れてはいないだろうなと、陣野は出入り口をちらと見やる。が、他の誰かが入ってくる気配はない。

「あー、ここ穴場だわ。ウザイ女もいないしさ」

どうやら王子様も、ちやほやされるのを楽しがっているだけではないらしく、紫煙(しえん)といっしょに長い安堵の息を吐き出した。

「けど、俺がいるとウザイかな、あんたには。——ま、我慢して、一本だけ吸わせて」

近寄り難いほどの作りものめいた美貌は、でも、意外なほど気さくに表情を変える。

突出した頭脳の持ち主が貴重な女生徒を独り占めしているのだから、当然それを面白くないと思っている連中は多々いるはずなのに、未だに険悪な事態がおこっていないのは、このざっくばらんな性格のせいかもしれない。

だが、他の人間がどう思おうと、陣野にはむしろそれが胡散臭く感じられてしまう。

外見どおりの高飛車な優等生タイプなら、その程度の男かと納得できたろうに。こんな落ちこぼれ高校に苦もなく馴染んでしまっている様が、かえって不自然で、まるで周囲に合わせて巧妙に擬態しているように見えるのだ。

だが、自ら独りでいることを選んでいるくせに、頭の隅っこで斎木を意識している自分もまた妙だな、とも思う。

陣野には、他人様に対する好悪の感覚がほとんどない。フェミニストだからとか、博愛主義者だからとかではなく、単に他人と関わるのが面倒だからだ。

好意にしろ嫌悪にしろ、そういった感情は膨大なエネルギーを必要とする。

そして、陣野の憎悪は、唯一、自分を、蔑みの呼称を与えられる立場に追いやった男にのみ、向けられているのだ。

もっとも、他人が自分をなんと呼ぼうが、そんなことはたいした問題ではない。

誰がどんな視線を向けてこようが、どんな陰口を叩いていようが、いちいち反発してやりたいと思うほど、人間なんて生きものは魅力的ではない。

わざわざ耳や目を覆わなくても、他人の言動が陣野の感情を動かすことはめったにない。

そんなわけで、今のところ特別気に留める人間もいない陣野にとって、斎木朝人は少々印象的という程度ではあるが、意識に引っかかっている数少ない存在だった。

「入学式ではたいそうな弁舌だったな」

だから、陣野にしては珍しくも、話題を振ってしまった。

「やー、あれ、口から出任せ。関東ローム層は、地盤的にはむしろいいという説もあれば、判断できないってのもあるし——液状化しやすいのは確かだろうけど」

斎木は、高校一年生に必要はないと思われる知識を、明日の天気の話でもするようにしゃべり出した。

「立川断層なんて五千年周期で地震を起こす活断層もあるけど、次は三千五百年後だってゆーから、そっちは心配いらないんじゃない。でも、新第三紀以降の関東造盆地運動で沈下や隆起を繰り返したあげく、めっちゃぶ厚い堆積層（たいせきそう）があるせいで、活断層の発見自体が困難だから、足下からいきなりずんときたって不思議じゃないんだけどね」

そこまで言って、ふと何か閃（ひらめ）いたかのように、陣野のほうへと顔を巡らせた。

「てゆーか、あんた、入学式にいたんだ?」

律儀にそんなものに出るようなタイプには見えないな、と斎木は眼鏡のブリッジを押し上げながら意外そうな視線を向けてくる。

そう思われるのは、今に始まったことではない。

喧嘩（けんか）、女遊び、酒、タバコ、サボリ……なる単語がこれほど似合う高校生もそうはいないだろうと、すでに教師達のあいだではブラックリストのトップに挙げられているほどだ。

事実、陣野自身もそのほとんどを否定しないが、最後のひとつに関してはイメージ先行の節があるな、と思っている。

ただし、理由といえば、わざわざサボったりする気概がないだけなのだが。

コンビニで買ったパンを朝食にかじりながら、学校へと向かう。

授業は適当に聞き流し、昼休みは屋上ですごす。放課後になれば、部活動なんて殊勝なものはやっていないから、寄ってくる女と適当に時間を潰す。

どうせ水商売の母親は午前様だから、夜も外食ですませて家に帰って、寝る。

それが陣野の生活パターンだ。

惰性で続けているものを、今さらわざわざ入学式をサボって、俺は体制に迎合したりしないぞ、と主張するほど、学校という存在にも、教師という人種にも、価値を見出してはいない。

半分以上も灰になったタバコを、無造作に空き缶に放り込むと、二本目を口に運ぶ。

ライターを手に取ったものの、好奇心を満たすためだけの会話なら続ける気はないとの意思表示のために、火をつけずに口に咥えて遊ばせる。

「なんか、面白いよな。あんた」

そんな陣野の態度に、斎木が何を思ったのか、くすと笑う。

「面倒だって、顔に書いてあるぜ」

「…………」

「そばにいられるのもヤだけど、わざわざどこかへ行けって脅しをかけるのは、もっと面倒なんだろう?」

顔に書いてある、と言われて、まさかと陣野は思う。

ポーカーフェイスには自信がある。顔で笑って心で舌を出す——水商売のお姉さん達に習った技だ。ただし陣野は笑わない。意識して好感を持たれる表情を作るにはまだまだ修業が足りないし、誰の目にもツッパリ野郎にしか見えない陣野がそれをやったらかえって不気味だから、無表情でいるだけなのだが。

陣野のような強面の男がぶっきらぼうな顔で黙していれば、たとえ何も考えていなかろうとも、傍の人間達は、あることないこと勝手に想像してくれる。

そうしてできたのが、十五歳にして泰然自若なる言葉の似合いすぎる男なのだ。

「けど、黙って嵐が通りすぎるのを待ってるだけなのに、かえってガンつけられるんじゃねえ。造作はけっこう整ってるけど、いかにも、かかってきなさい、ってご面相だもんな」

誰も、かかってきなさい、などとは思ってもいない。

クラスメイトを見下したことなどないし、上級生を嘗めたこともない。教師をバカにするほど暇でもない。いわんや、通りすがりの他校生やヤクザにメンチを切るなどもってのほかなのに、なぜだろう、陣野は怒らせたら怖い男、と囁かれている。

いちいち訂正するのも、それこそ面倒だから、放っているが。

とにかく、物心ついたときにはすでに生意気の称号を得ていたから、誤解されることはありすぎるほどあったが、その実、ただ興味がないだけなのだと見抜いた相手は、記憶にあるかぎりでは、保育園であれこれと面倒をみてくれていた志保里先生くらいのものだ。

——一臣くん、楽なことばかりしてちゃダメよ。

独り遊びに興じていた陣野に、友達の輪の中に入ろうね、と気が重くなるようなお節介を延々と焼いてくださった、ありがたい先生だった。

あれ以来、よけいなお世話をしてくる者など、皆無だ。それ以前に、陣野の強面の下に隠されている無精（ぶしょう）という行動原理に、気づく者すらいなかった。

なのに、斎木は、一発で陣野の本質を見抜いたのだ。

「そんなんじゃあ、さぞやウザイことも多いだろう。——俺も、このご面相だから、黙ってると、クールとかキザってるとか思われちゃうタイプでさ。ほっといてくれりゃあいいのに、突っかかってくるやつがいるから、先にまくし立てるわけよ」

世間話に紛らせて、ちゃんとわかってるんだぜ、と匂わせている。

「すました見かけを裏切って、豪快に、開けっぴろげに、気取らねーでしゃべりまくる。それが楽に生きてくコツだな」

これはどうやら黙っていてくれそうもないなと観念し、陣野は二本目のタバコに火をつけて、一息吸い込んでから煙とともに呟いた。

「開けっぴろげじゃなくて、あけすけっていうんじゃないのか」

「おや？」

意味は同じでも、後者には否定的なニュアンスが混じる。斎木のおしゃべりは、あまりにストレートな物言いがすぎて、すでにイヤミの域に達している。

「言うじゃん。そーなんだよな。ちょーっと度を越しちゃったかな、って最近は思ってんだけど、癖になっちまったのか、止まんないんだよ、これが。――ただ、正直に言ってるだけなんだけど、なんとなくバカにしてるように聞こえちまうらしいんだ」

「てゆーか、しっかりバカにしてるだろう」

「や、それを言っちゃあ身も蓋もないっつーか――うん、ま、してるけどさ」

からからと不躾(ぶしつけ)に笑って、斎木は背後から響いてくるグラウンドの喧噪へと視線を流す。

「元気だねぇ、高校生諸君は」

自分だってピッカピカの一年生のくせに、からかうでもなく笑んで、肩をすくめる。

「ここの連中って、単純で素直じゃん。下手に腹の探りあいするほどのオツムはねーし。グレてるふりしてるくせに、内心ではまだまだ人生に夢もってるってーか。俺のことをわかってくれよ、とか思ってるのが丸わかりってあたりが、可愛いってゆーか、ほほえましいってゆーか。楽なんだよね、俺的にはさー。わざわざ探ってやるほど、中身もないしね」

褒めているのか、けなしているのか、楽しげに言い捨てる斎木の、リムレス眼鏡の奥にある瞳には、十五歳とは思えぬ狡猾(こうかつ)な光が宿っている。

「けど、マジで探ってくるやつがいると、俺、人知れずキレるんだわ。にっこり笑って、さぁて、どんな報復してやろうか、ってね」

「…………」

こっちが本性かと、ほとんど直感で陣野は感じとった。

クールだとか、キザだとかとは、ほど遠い。

この男は、決して冷めてなどいない。

むしろ、獰猛で、タチが悪い。

能ある鷹は爪を隠すどころか、牙と鉤爪つきの尻尾まで生やしているくせに、それをおちゃらけで誤魔化して、一般社会に適合する程度に擬態しているだけだ。

その本性を、斎木は、なぜだか知らないが、わざわざ陣野の前にさらけ出しているのだ。

よもや、お仲間だとでも思われたのだろうか、と陣野はうんざりと思う。

たかだか屋上で、こっそり一服していたくらいで。だとしたら、それこそ迷惑千万と、吸いはじめたばかりのタバコを空き缶に放り込み、わずかに目の端に捉えていた斎木の横顔を、完全に意識の外に閉め出した。

「あ……なんか、急にバリアー張っちゃった？」

陣野に劣らず勘のいい男は、たったそれだけのことで、不快感を察してくれたらしい。

「べつに牽制しなくてもいいぜ。俺、孤独でいたいやつと無理やりお友達になろう、なんて思っちゃいないから。ただ、一服するあいだのちょっとしたヒマ潰しってーか。けどさ、そんなばり意識されると、かえって興味持っちゃうじゃん」

斎木は、何か探るような策士の表情をしながら、でも、口調だけは悪戯な子供のように、にっと笑う。

「なぁーんにも見てないようなふりして、何を見てるのかな、あんたの目は――ってさ」

そして、陣野が無表情な横顔に隠したものを、覗き込んでくる。

何を見ているのか、だって？

見ているものは自覚している。目指す場所もわかっている。

だが、どうやってそこまで上るのか、どうやればたどりつけるのか、その方法がわからない。

目的の相手は、黒沢一徳という。

――子供は堕ろせ。誰の子かもわからんものを。

傲然とそう言い捨てて、二百万程度のはした金で、お腹の子ともども母親を見かぎった男。

陣野にとっては、たかだか種の提供者でしかない男だが、憎んでやるだけのじゅうぶんな理由はあるはず。

認知してもらいたい、などと思っているわけではない。

金が欲しいわけでもない。権力を得たいわけでもない。

ただ、あの男の目に入る位置に立って、不快な気分を味わわせてやりたいだけ。

スキャンダルにしかならないものを切り捨てて、のうのうと座しているお高い場所から、いずれは引きずり下ろしてやりたいとの決意も、胸の内に秘めてはいるが――それを実行に移せるのはまだまだ先のことだ。

たかが十五歳のガキが、今にみていろよ、などと大見得切ったところで、負け犬の遠吠えほどの力もないのは、もとより承知。

だから考える。

ひたすら頭を使う。

他のことはどうでもいいと排除して、ただ成功するための方法を模索する。

でも、それは、隣にのうのうと腰掛けている初対面の相手には、言う必要のないことだ。

少々頭の回転がよすぎるがゆえに、暇潰しの一服のあいだにさえ、妙な好奇心を発揮させてしまう、やっかいな男になど。

「さて、俺はそろそろ失敬するか。なんか露骨に、そばに寄るなオーラが出てるし」

すっかり短くなったタバコを、陣野が灰皿代わりにしていた空き缶に勝手に放り込むと、斎木は、うーん、と伸びをしながら立ち上がった。

「けど、ここは気に入ったわ。また来ていい？」

そんなことを平気で言ってくる。

丸出しの好奇心をぶつけてきたわりに、何をほじくり返そうとするわけでもない。

「公共の場だろ」

勝手にすればいい、と陣野は吐き捨てる。

どうせ、ダメだと言っても、聞くような男ではない。暖簾に腕押し的なつかみどころのない男だということは、たったこれだけの会話で理解した。

「んじゃ、またな」

ひらりと手を振って、歩き出した斎木が、ふと何かを思い出したように、足を止める。

ちら、と肩越しに振り返り、邪気のない横顔で言った。

「あんた、ちょっと自意識過剰。——ま、ガンつけたい気持ちはわかるけど。俺の欲しいものは世界中でたったひとつで、それを手に入れるために、あんたはたぶんまったく役に立たないから。はっきり言って、ヒマ潰し以外の意味ねーって」

世界はあんた中心に回ってるわけじゃないよ、と飄々と笑って、斎木は鉄製のドアの向こうへと姿を消した。

物心ついてからこっち、誹謗中傷の言葉は腐るほど投げつけられてきたが、自意識過剰というのは初めてで、けっこう新鮮だな、と陣野は苦笑する。

よきにしろ悪しきにしろ、誰も彼もが自分に興味を持ってると感じるなんて、それこそあんた何様よ、とでも言いたいのだろうか。

「バリアーか……」

他人と関わるのが面倒だからと、単なる暇潰しのためだけに現れた相手にまでも、いちいちそんなものを張り巡らせては、確かに色々問題はおこるわけだ。

自嘲しつつ陣野は、もういない男が座っていた場所を流し見る。

——俺の欲しいものは世界中でたったひとつで、それを手に入れるために、あんたはたぶんまったく役に立たないから。

陣野を不要だと言い捨てたときの、斎木の一点の曇りもない顔を思い出す。

(あいつは、何を見てるんだ?)

ふと、そんなことが気になった。

世界中でたったひとつ、と言いきるほど、何を欲しているのだろうと。

あの物言いからすれば、人ではない。たぶん品物だ。あれほどの男が追い求めているものとはなんだろう。

それは、不思議な感覚だった。

他人が何を欲しがっているかなんて、陣野には関係ないことなのに。

ましてや、初めて口をきいた相手。タバコを一服するだけの、ほんの五分ほど。

でも、ひどく印象に残ってしまった男。

知りたいと、ただそれだけの単純な気持ちから始まる関係があることに、陣野はまだ気づかない。損得抜きの単純な好奇心——それが、ある種の情に発展することもあるのだと、陣野が理解するのは、もっと先のこと。

今はただ、何気なく頭の隅に残ってしまった印象が、次なる出逢いを予見していることは確かなようで——不思議にそれを期待しているような感じがしなくもない。

「……何を、バカなことを」

最後の煙とともに自嘲の囁きを吐き出して、陣野はすでに短くなってしまった二本目のタバコを空き缶の中に放り込んだ。

それが、陣野一臣と斎木朝人の、あまりになんでもない出逢いだった。

——おわり——

あとがき

いつもご愛読くださっている方も、初めましての方も、こんにちは、あさぎり夕です。

『ダイヤモンドに口づけを～Eternity（エタニティ）～』をお送りします。初めての四六判で、そしてこれがミオと陣野の最終巻になります。ご存じの通り、「Eternity」は「永遠」という意味です。ミオも陣野も斎木も亮もマクシミリアンも、この作品に登場したすべてのキャラがいつまでも幸せでいますように。

　販促用ペーパーなどのＳＳもすべて集めて、手を加えました。巻頭の『ダイヤモンドの瞳』は、新装版に掲載された『花嫁の濡れた瞳』の改稿版です。この一冊で内容がわかるように粗筋的な意味合いもあるので、陣野視点だったものを三人称に書き直して、収録しました。

　本当にこれで全部です。とはいえ、キャラ達は、またひょっこりと他の作品に顔を出すかもしれません。ウォルフヴァルト大公国など、他のシリーズではかなり重要な国になっていますから。

　そういえば、佐々成美さんにマクシミリアンのラフを描いていただいた時、ウェーブ髪になっていたので、これは次兄のフリードリヒの特徴なのでと、ストレートヘアに直していただいたことがありました。今回、作品をまとめるにあたって、その時のＦＡＸを探しつつ山ほどたまったラフを見直して、ごいっしょにお仕事をさせていただいた日々を懐かしく思い出しました。

ミオも陣野も、佐々成美さんの絵があったればこそ生まれたキャラです。いつもため息がでるほど美しいイラストで、こんな変態ばかりが登場する話を飾っていただいて、感謝と共に申し訳なさがいっぱいです。長いあいだお世話になりました。

また、いつも校正を手伝ってくれるマネージャー氏、元気いっぱいの声でタイトなスケジュールを決めてくれた鬼のような担当さんを始め、編集部の皆々様、デザイナー様、印刷所の方々、このシリーズの出版に関わってくださったすべての方に謝辞を。ありがとうございました。

ここ数年私事で色々あって、創作だけに没頭することができませんでした。『ダイヤ』も8巻が出たのが二〇〇九年ですから、なんと七年のブランクがあるわけです。こうして最終巻までたどりつけて、今は安堵感でいっぱいです。

そういえば、私はあと一年ほどでデビュー四十年を迎えます。口癖のように「これが最後」と言いつつ書いているのに、未だに最後はきていません。身体もあちこちガタがきつつありますが、自分の中にまだ何かがあるうちは少しずつでも書いていきたいです。

こんなに長く続けてこられたのも、ひとえに読者の皆様の応援のおかげです。今でも少女漫画時代からのファンです、と言ってくださる方もいらして、本当に長くお付き合いしていただいているのだなと感謝の念にたえません。この先も別の作品でお会いすることがありましたら、そのときにはまたよろしくお願いします。

二〇一六　四方の春　　あさぎり　夕

「ダイヤモンドに口づけを～Eternity～」をお買い上げいただきありがとうございます。

この本を読んでのご意見、ご感想など下記住所「編集部」宛までお寄せください。


リブレ出版WEBサイトで、本書のアンケートを受け付けております。

サイトにアクセスし、TOPページの「アンケート」から該当アンケートを選択してください。ご協力お待ちしております。

「リブレ出版WEBサイト」http://www.libre-pub.co.jp

初　出
ダイヤモンドの瞳 ～陣野とミオの出逢い編～――『ダイヤモンドに口づけを』（2007年1月刊行）
※上記は単行本からの再収録にあたり、「花嫁の濡れた瞳」を改題・加筆修正しました。
きみが生まれた日に乾杯 ～ミオの誕生日編～――ビーボーイWEB（2007年）掲載
ミオと陣野のショート・ショート集
官能のホワイトデー――書店購入特典「あさぎり夕 エロティックペーパー」（2007年）掲載
古城の夜――応募者全員サービス「b-Boy excellent」（2007年）掲載
リクエストはセックス券――小説ビーボーイ（2008年7月号）掲載
制服記念日――萌♥保証フェア 特典小冊子（2010年）掲載
赤ちゃんがきた日――小説ビーボーイ（2010年7月号）掲載
ルビーナイト ～斎木と亮のクリスマスデート編～――ビーボーイモバイル（2005年）掲載
男達のドリームループ ～お馬鹿な野郎どもがビデオに込めた願望編～――小説ビーボーイ（2008年3月号）付録「Erotic Love」掲載
ミオさんを私にください ～ミオと陣野の明日へ編～――書き下ろし
出逢いは屋上で ～陣野と斎木の高校時代編～――ビーボーイモバイル（2005年）掲載

※書き下ろし作品以外は単行本収録にあたり加筆修正しました。

ダイヤモンドに口づけを～Eternity（エタニティ）～

著　者　あさぎり夕 ©You Asagiri 2016
発行日　2016年3月18日　第1刷発行

発行者　太田歳子
発行所　リブレ出版株式会社
〒162-0825 東京都新宿区神楽坂6-46　ローベル神楽坂ビル
電話 03-3235-7405（営業） 03-3235-0317（編集）/FAX 03-3235-0342（営業）
印刷所　株式会社光邦
装丁・本文デザイン　齊藤陽子（CoCo.Design）
企画編集　鍋島由紀

Printed in Japan
ISBN 978-4-7997-2908-3